Frissons nocturnes

Bleue

FRISSONS NOCTURNES

Bleue

ROMANCE

www.soromance.com

© **Éditions So Romance, 2019 pour la présente édition**

Lemaitre Publishing
159 avenue de la Couronne
1050, Bruxelles
www.soromance.com

D/2019/14.771/28
ISBN 9782390450481

Photo : © Photographee.eu / Fotolia

Prologue

Marine

Octobre 2017

Coquineries littéraires, « du piment dans votre ordinaire »…

C'est ainsi que chaque semaine, l'émission animée par Marine, Bleue pour les auditeurs, commençait. Elle avait lieu le mercredi à 23 heures, et était destinée aux amateurs d'histoires osées de plus de dix-huit ans. Des mots coquins, doux, parfois plus crus. Une certaine retenue aussi, mais toujours du sexe…

Les textes étaient choisis par le programmateur de l'émission et Marine n'avait pas à donner son avis sur ce qu'on lui demandait de lire. Elle mettait sa voix au service de grands auteurs de la littérature française tels que Pierre Louÿs, Guillaume Apollinaire et d'autres. Cette voix, si veloutée, elle la laissait traîner sur certains mots, la faisait se suspendre comme une équilibriste sur un fil de désir imaginaire, la rendait tantôt suave, chuchotante, tantôt plus abrupte. Même si elle n'avait rien de pervers, elle prenait un certain plaisir à lire les commentaires de ses auditeurs majoritairement masculins. Un « votre voix a provoqué certains effets sur mon anatomie » lui faisait davantage plaisir que « tu m'excites, salope »…

Les auditeurs, en général, des intellos en mal d'excitation, se gavaient sans états d'âme de ces proses et poésies qui « si elles avaient été écrites par de tels géants ne pouvaient qu'être formidables ».

C'était un peu se cacher derrière les convenances et la rigueur morale alors que non, il s'agissait tout de même, même si les propos étaient léchés, d'histoires érotiques en « bonne et due forme ». Parfois, cela frisait même le porno. Mais ne soyons pas trop regardants au sujet de ce qui se fait ou pas, n'est-ce pas.

Donc, Marine, la bouche collée au micro, débitait les mots de ces illustres auteurs d'un autre temps. Elle estimait néanmoins que tous ces… messieurs parlaient de ces choses de sexe avec trop de verve, un vocabulaire trop imagé alors qu'elle, ce qu'elle aimait, c'était la littérature d'auteures actuelles, délicates, contant l'amour et le « cul » avec élégance et sans aucune crudité. Et même si l'une ou l'autre, de temps en temps, faisait preuve de moins de retenue, dans le fond, l'expression des sentiments et la description de leur âme étaient tout de même omniprésentes. C'était sans doute ce qui plaisait tellement à la lectrice.

Alors un soir, elle se lança à l'eau. Elle avait découvert une nouvelle de Clarissa Rivière qui racontait l'initiation du jeune Adrien par sa tante, Sandrine, d'une bonne vingtaine d'années de plus que lui. Elle-même, Bleue, avait cet âge, quarante ans. Cela n'en rendait le texte que plus intéressant : rencontrerait-elle, elle aussi, quelqu'un à initier ? C'était l'un de ses fantasmes…

L'histoire lui avait plu. Il y avait tout un cadre qui faisait que les scènes de sexe étaient partie intégrante de l'intrigue. Il n'y en avait pas trop. La mesure était de rigueur. Et puis, même si c'était imaginaire — mais au fond, elle n'en savait rien —, une telle « aventure » était tout à fait plausible. Le passage qu'elle choisit de lire ce soir-là, c'était le moment où Sandrine, alanguie, nue sur un lit, faisait semblant de dormir, laissant tout loisir à Adrien de l'observer et davantage. Sandrine avait les jambes un peu écartées, elle était couchée lascivement et ne paraissait pas réagir aux regards et aux doux tâtonnements d'Adrien. Celui-ci était de plus en plus précis et de plus en plus hardi. Ils profitaient de la situation tout autant l'un que l'autre.

Si elle avait choisi cet extrait, c'était en grande partie parce que quand elle le lisait « dans sa tête », elle était excitée. Alors, elle s'était dit qu'outre les mots, sa voix susurrant dans le micro jouerait certainement tout à fait le rôle de catalyseur à la stimulation de son public.

Ce fut le début d'une période très excitante : d'abord, parce que chaque semaine, en vue de l'émission du mercredi suivant, elle fouinait sur le Net à la recherche de textes correspondant à ses goûts. Ensuite, parce qu'au fil du temps, elle prenait de l'assurance vis-à-vis de ceux-ci et de ses auditeurs. Il n'était pas rare que l'un ou l'autre lui écrive son ressenti soit sur le blog de la chaîne radio, soit en privé. Cela concernait ses choix de lecture, mais aussi et surtout sa manière de donner vie aux textes avec sa voix… Certains n'hésitaient pas à être moins discrets et parlaient sans retenue de ce qu'elle provoquait de manière… physique : « Bleue, ça frétille dans mon pantalon », ou « Bleue, tu me fais bander. Ta voix est sublime. »

Mais arrêtons là les commentaires des auditeurs. Bien sûr, cela plaisait à la lectrice, mais son ambition n'était pas d'exciter son public de cette manière. Plutôt d'élever leur esprit avec des récits délicats, sensuels, parlant de grands sentiments. Malheureusement, peu dissertaient de ce qu'elle lisait, plutôt de la manière dont elle servait les écrits de son organe « magique ».

Afin de savoir si sa voix avait autant d'effet sur la gent féminine que sur la gent masculine, elle se dit, tout bonnement, qu'elle observerait les gens qui travaillaient avec elle en radio : la dame de l'accueil et celle qui la précédait en studio, Agathe. C'était le nom de la présentatrice des *Frissons noctambules* qui invitait des « gens de la nuit ». Elle avait une quarantaine d'années, comme Bleue. Et son arrivée dans cette radio datait d'il y a deux ans, comme celle de Bleue. Elles avaient fait leurs armes en même temps. Les deux émissions étaient mises en ondes par le même sonorisateur.

Un mercredi d'octobre, donc, de manière un peu insistante, elle observa les regards des gens sur elle… À l'accueil, une dame d'un certain âge qui, visiblement, ne sourcilla pas quand elles se saluèrent. *OK*, pensa-t-elle, *celle-ci n'est pas choquée*. Elle prit l'ascenseur pour se rendre au troisième étage, celui du studio dans lequel ses lectures avaient lieu. Agathe était en train de remercier ses auditeurs pour leur écoute attentive. Quand elle aperçut Marine, elle lui fit un sourire chaleureux. *OK, celle-ci non plus ne trouve rien à redire à ce que je lis…* Apparemment, on n'était pas choqué par le ton de ses lectures. Cela la rassurait !

Agathe lui laissa sa place. *Tiens*, pensa Bleue, *une nouvelle tête !* Le sonorisateur lui faisant face lui était inconnu. Contrairement à celui qui mettait l'émission en ondes habituellement, celui-ci paraissait plus jeune, moins… expérimenté, peu sûr de lui, limite empoté, et elle se demanda s'il pourrait assurer toute l'émission d'une heure sans être déstabilisé. Peut-être était-il intimidé par le ton de l'émission ? Et s'il était puceau ? Non, les hommes de son âge ne devaient plus l'être. Enfin, quel âge pouvait-il avoir ? Vingt ans ? Vingt-deux ? Certainement pas beaucoup plus. Pratiquement comme l'Adrien de Clarissa Rivière. ... Il ne fallait surtout pas qu'il se démonte. De toute façon, il n'y avait que quelques musiques à lancer, basculer « musique — micro voix » et tant que le générique n'était pas fini, ils avaient un peu le temps.

— Avez-vous prévu des musiques d'interlude ?

Sans quitter sa console des yeux, il hocha la tête affirmativement, ne disant mot. Il n'avait vraiment pas l'air à son aise... Il fallait absolument qu'il soit plus détendu. Elle savait que s'il gardait ce visage fermé, cela serait beaucoup plus difficile pour elle de se lâcher en lisant... Mais pourquoi donc le sonorisateur avait-il changé ?

Le générique terminé, elle se lança dans un extrait de *Cinquante nuances de Grey*. Bof, elle n'appréciait pas vraiment ce truc-là, mais bon, comme le programmateur de l'émission avait choisi ça... Ce qu'elle n'aimait pas, c'était toutes ces répétitions, et puis cette profusion de détails dénués d'imagination. On aurait dit, à certains moments, des copier-coller de scène de soumission. Une espèce de mode d'emploi de *sex-toys*. Bref, non, cela ne lui plaisait pas. Elle avait lu le premier bouquin pour « faire comme tout le monde ». C'est drôle, tout de même, cette vague sulfureuse qui s'était abattue sur les States d'abord, et ensuite, ici... Cela ne lui était arrivé que peu de fois qu'elle se sente vraiment excitée. Et ce n'était pas les descriptions des scènes de sexe qui avaient eu cet effet, mais plutôt le trouble de l'héroïne et sa découverte de tout ce monde BDSM.

Le sonorisateur, un peu perdu dans les effets de la voix de Bleue, eut du mal à envoyer le premier interlude, mais elle ne lui en tint pas rigueur. Il fixait toujours alternativement sa console et l'écran de son ordi et lui fit signe, quand la musique était pratiquement terminée, de se préparer à entamer sa deuxième lecture.

Celle-ci parlait de saphisme. Un sujet qui ne l'emballait pas vraiment non plus. Elle soupira et reprit sa lecture. Deux jeunes étudiantes s'instruisent au fil de leurs rencontres : elles apprennent tout du corps féminin à force d'observations et d'échanges de fluides…

Deuxième interlude. À nouveau, le sonorisateur avait le visage penché sur sa console. Il faisait mine de s'intéresser à ses boutons, ses doigts les effleuraient de manière infime. *Mmm*, pensa la lectrice, *si ces doigts pouvaient me caresser aussi subtilement...* De temps à autre, très concentré, il passait sa langue sur ses lèvres pour les humecter et puis se mordillait la lèvre inférieure. Il ne se rendait absolument pas compte de l'effet que cela produisait sur sa collègue. Elle s'imaginait déjà lire ce qu'elle avait choisi, elle.

C'était une histoire de sexe qui se change en histoire d'amour, du moins, c'est ce qu'elle en avait compris. À nouveau, un couple bizarrement constitué : un homme « âgé ». Cette fois, c'est l'héroïne féminine qui est beaucoup plus jeune. Son compagnon, ne pouvant plus assurer au lit, lui fait cadeau de gigolos et arrive ce qui doit arriver : son amie tombe amoureuse de l'un d'entre eux. C'était l'une de leurs scènes d'amour et de baise qu'elle avait décidé de lire. C'était assez court, mais cru et imagé juste ce qu'il fallait. Une histoire de fellation très réaliste. Un peu hard. Et puis, la description d'une position qu'elle adorait.

Bleue n'évoquait jamais ses goûts réels en matière de sexe, mais ça, sucer, c'était vraiment ce qu'elle aimait. Quand elle en avait l'occasion, elle savourait réellement, et ses partenaires, conscients du plaisir qu'elle y prenait, en profitaient également. Sans doute ses goûts seront-ils évoqués de manière plus précise un peu plus tard, mais pour l'instant, laissons-la à ses rêveries.

Toute plongée dans ses pensées, elle ne s'était pas rendu compte que l'interlude musical était terminé. Le jeunot face à elle avait relevé la tête et il la regardait fixement de ses yeux verts, n'osant rien dire, mais se demandant tout de même ce qui se passerait si elle continuait de rêver de cette manière… Après quelques secondes, il se décida tout de même en murmurant : « Hep, c'est à vous » d'une voix un peu sourde. Elle secoua la tête comme pour chasser ces idées délicieuses et reprit pied dans le réel.

Elle le regarda, se dit qu'il avait tout de même énormément de charme et dans un soupir, se pencha sur son texte. Elle commença par le présenter et ensuite, alla droit au but avec un paragraphe qui en disait long sur ce qu'elle aimait. Le débit de ses mots se fit plus lent, sa bouche était sèche et les yeux verts du jeune homme assis en face d'elle la troublaient de plus en plus. La lecture se terminait par la description de cette position qu'elle aimait tant. Elle retardait le moment où elle relèverait les yeux pour regarder son vis-à-vis. Dans quel état serait-il ?

> *Nicolas enfouit la tête entre les cuisses largement écartées de sa partenaire. Avec agilité, sa langue s'activa entre le clitoris et l'intimité de Camille. Celle-ci sentait prendre un double brasier en elle. Mais c'était si bien dosé que cela ne l'empêchait nullement de s'occuper du membre de son ami. Celui-ci était très dur, à présent. Il investissait totalement sa bouche et l'index de l'homme apportait du renfort à la langue de Camille. Et puis, les mains de Nicolas se crispèrent davantage sur ses fesses. Son sexe devint plus raide encore. Camille sentit l'imminence de l'orgasme et c'est ensemble qu'ils jouirent...*

L'extrait qu'elle avait choisi de lire était terminé. Comme un grand brouillard de trouble s'était abattu sur le studio. Le sonorisateur soupira, prit une longue inspiration, comme pour calmer ce qui se passait en lui. Elle saisit la bouteille d'eau se trouvant à côté du micro, l'ouvrit, en but quelques gorgées et puis, timidement, osa un regard... Et là, quel fut son étonnement...

Ce monsieur, si charmant, tellement discret, en avait-il autant... profité ? Il avait les yeux mi-clos, les cils battants, la poitrine se soulevant de plus en plus rapidement, et les mains... Mais où étaient ses mains ? *Impossible qu'elles soient ailleurs que sur ses cuisses*, pensa-t-elle, *il n'oserait pas, tout de même*. Il avait l'air complètement hypnotisé par la voix de Bleue. Sa voix ? Ses mots ? Elle aperçut même une petite goutte de sueur qui coulait le long de la tempe du jeune homme. Quand il rouvrit les yeux, il y avait dedans comme une question : *encore ? Voudriez-vous m'en donner... encore ?*

Il eut toutes les peines du monde à se reprendre pour envoyer le générique de fin tant il était troublé. Son cœur devait battre à tout rompre : Bleue pouvait clairement remarquer sa respiration haleter. Elle aussi, d'ailleurs, était essoufflée. Elle n'avait pourtant pas gravi les escaliers jusqu'au studio en courant et n'avait pas non plus fait une séance de fitness... Ils n'osaient pas se regarder... *Pourquoi diable a-t-il les joues si roses ?* se demandait- elle, sans se rendre compte que les siennes avaient la même couleur...

Là, elle avait sa réponse. Oui, elle faisait de l'effet. Sa voix, plutôt. Et elle s'en sentait tout étourdie. Faire fantasmer les gens, juste en lisant, c'est tout de même assez déstabilisant, non ?

Le générique prenait fin. Ils étaient seuls. Ils se sentaient tellement gênés : ils ne savaient quelle attitude adopter. Peu importait la suite : une playlist passerait, il suffisait que le jeune sonorisateur la mette en route et c'en serait fini au studio pour ce soir. Quelqu'un d'autre prendrait la relève d'ici une trentaine de minutes et le tour serait joué.

Leurs regards n'osaient se croiser. Le jeune homme enfila sa veste en cuir. Bleue son manteau. Ils se dirigèrent vers l'ascenseur qu'ils seraient bien obligés de prendre ensemble pour redescendre et quitter le bâtiment.

Ensuite...

Adam

Octobre 2017

Garde le contrôle, mon vieux, surtout, ne flanche pas… Elle ne doit pas savoir que… Jamais je n'aurais pu imaginer qu'une voix me fasse un effet pareil.

Elle s'est installée devant moi, les joues rouges : elle avait une minute de retard et j'ai été obligé de lancer le générique alors qu'elle n'était pas encore installée vraiment devant le micro. Heureusement que Radio-Sonique a fait appel à moi, dans le fond. Ils me connaissent : j'ai bossé pour eux il y a un moment, quand j'avais, quoi, dix-huit ans. Je faisais mes études d'ingé-son et certains jours, je mettais l'une ou l'autre de leurs émissions en ondes, comme ils disent. Simplement, je devais être assez attentif pour lancer les génériques, les plages musicales et veiller à ce que les micros soient ouverts au bon moment… Rien de bien difficile.

Donc, on l'attendait… Elle s'est pointée. S'est précipitée sur sa chaise et a commencé à minauder… Ouais, je savais le sujet de l'émission : des lectures olé olé. Moi qui suis assez pudique de nature, j'allais être servi. Elle m'a jeté des regards… Je me demande comment j'ai pu rester comme ça, aussi impassible. Mais peut-être pas, dans le fond. Elle me dévisageait, c'en était gênant…

À mon avis, elle a dû s'apercevoir que je ne parvenais pas à garder mon calme. Je veux bien, mais quand on commence à parler de cul devant moi, ça me fait toujours le même effet. Impossible d'empêcher mes yeux de

se fermer ou mes cils de battre comme des papillons...
Maudit trouble. En attendant, c'était... chaud à mort.

Et là, on vient de quitter l'ascenseur. Je vais me démerder pour devenir le sonorisateur de l'émission. Ça me botte bien d'écouter sa jolie voix raconter des cochonneries. Elle est un peu vieille pour que je m'imagine qu'il pourrait se passer quelque chose entre nous, mais bon... Ne pas mettre la charrue avant les bœufs, comme on dit.

1

Adam et Marine, les yeux dans les yeux...

De novembre à décembre 2017

On était donc samedi. Elle, Bleue, était devant son ordi, à la recherche d'un texte qu'elle aurait pu lire pour l'émission des *Coquineries littéraires* du mercredi soir suivant. Elle surfait, sans trop savoir ce qu'elle voulait. Elle aurait à intercaler sa lecture entre un extrait du Kama Sutra qui parlait de fellation et quelque chose de Spaddy.

En découvrant le passage du Kama Sutra qu'elle aurait à lire, elle soupira. Mmm : ce langage, cette manière de décrire... Elle n'aurait aucun mal à être coquine, juste ce qu'il fallait, pour que les auditeurs soient émoustillés. Quant à l'extrait de Spaddy, c'était une histoire d'initiation comme elle les aimait. Aucun souci non plus. Il lui restait à trouver « la » perle rare, un texte intelligent, sulfureux, à la limite du cru… de préférence écrit par une femme. Il était plus difficile pour elle de se mettre dans la peau d'un auteur masculin. Elle mit la main sur quelque chose de très beau : intense, profond, pas très long, mais cela suffirait certainement à attiser le désir de ses auditeurs, et surtout, celui de son maigre auditorat féminin. Elle n'avait aucune idée de l'identité de celui ou de celle qui mettrait l'émission suivante en ondes, mais se dit que si c'était le jeune de la dernière fois, qu'elle appelait secrètement «son savoureux», les choses seraient parfaites. Elle s'installa dans son divan en rêvant à cet homme, le sonorisateur dont elle ignorait le prénom.

On arriva rapidement au mercredi suivant. Il avait neigé pas mal. Il faisait froid, aussi. Lui, il rejoignit l'immeuble de la radio, monta les escaliers quatre à quatre parce qu'il était presque en retard et que l'ascenseur mettait décidément trop de temps à arriver. Il entra dans le studio minuscule et prit place derrière sa console. Il était 21 heures. Il aurait les deux émissions de la soirée à sonoriser. Les *Frissons noctambules* et les *Coquineries littéraires*. Dans la première, Agathe accueillait des «gens de la nuit» parfaitement inconnus et parlait de l'agenda culturel. Pour la deuxième… Mmm, rien qu'à y penser, il se rappelait les émois que la «voix» de Marine, Bleue pour les auditeurs, avait provoqués en lui. Serait-ce pareil cette fois-ci? Qu'allait-elle lire aujourd'hui? Le regarderait-elle encore comme le mercredi précédent? Serait-il troublé à nouveau?

Elle arriva au bâtiment de la radio avec les joues rouges — était-ce l'excitation ou autre chose? Elle portait un manteau noir, un petit chapeau et de jolis gants. Elle avait particulièrement soigné sa tenue. Elle voulait en mettre plein la vue à son savoureux. Enfin, on n'en était pas encore là. Il fallait d'abord prendre l'ascenseur jusqu'au troisième étage, retirer manteau, chapeau et gants, s'installer face au micro et ensuite… vérifier qui s'occuperait du son durant une heure. Elle avait le cœur un peu battant.

Personne, il n'y avait personne derrière la console. Mais enfin, ce n'était pas envisageable, ça, tout de même... Elle entra dans le studio et commença de fouiller dans son sac à la recherche des textes qu'elle allait devoir lire, la bouche collée au micro susurrant des choses excitantes. Elle était toujours en train de fourrager quand il y eut un bruit léger : quelqu'un qui entre, qui prend place sur une chaise, celle de la console, elle la reconnaissait au petit grincement des roulettes. Le quelqu'un lui dit d'une voix un peu étranglée :

— Bonsoir !

Elle reconnut le ton hésitant et releva la tête très lentement... C'était son savoureux. Intérieurement, elle battit des mains. Elle savait que ce soir, ce serait particulier. Il allait être troublé en direct : elle pourrait voir son désir et moduler éventuellement sa manière de lire. Elle lui répondit brièvement, n'osant trop en faire de peur de provoquer des catastrophes — elle ne voulait pas que, trop troublé, il ait du mal à lancer les musiques d'interlude et le générique de fin. Elle reprit donc ses recherches dans son sac : il y avait un tel fourbi là-dedans. Et puis, cela lui donnait le temps de regarder le bas du corps du beau jeune homme sans se faire remarquer. Quand elle releva enfin vraiment la tête, ses joues étaient très roses. Il le remarqua immédiatement. Un voile de trouble s'était abattu sur eux.

Elle commença par le Kama Sutra. La lecture durait deux minutes, juste deux minutes. Mais c'était si excitant... Elle introduisit la chose de manière très soft.

Cela parlerait de sexe oral. On pense toujours que le Kama Sutra, c'est quelque chose qui concerne des positions toutes plus tordues les unes que les autres. En fait, c'est simplement un « traité » pour faire l'amour et donner du plaisir à celui qu'on aime de la manière la plus sensuelle possible. Susciter le désir aussi, et ces instructions pour pratiquer une bonne fellation en étaient la preuve. Les étapes se succédaient. Au moment où elle parla du « baiser » — prendre le pénis dans sa main et l'embrasser comme on embrasse une lèvre inférieure —, elle entendit un petit bruit mouillé : son vis-à-vis se mordait justement la lèvre inférieure, les yeux dans le vague. Il était à nouveau sous le charme de sa voix. Et quand elle termina par la « promesse » — selon le souhait pressant de l'homme, la femme absorbe maintenant le sexe tout entier comme si elle désirait l'avaler et le presse jusqu'à l'orgasme —, elle pouvait distinguer le bout de sa langue entre ses lèvres.

Pour faire redescendre un peu les choses, se recentrer sur son boulot d'animatrice radio, elle lui demanda hors antenne :

— Vous avez prévu de la musique ?

— Oui, oui. Du jazz, avec du sax. Ça convient ?

— Parfaitement. Ne dit-on pas que le sax est l'instrument sensuel par excellence ?

— Il paraît, oui.

Ses joues à lui étaient écarlates. Si elle avait su. C'était charmant. Elle repensait au mercredi où, à la place du monsieur un peu rond avec des lunettes et des cheveux foncés, elle avait découvert ce jeune homme troublant et troublé. Elle s'était souvenue de ce qu'elle avait imaginé, qu'il avait pratiquement l'âge de l'Adrien de Clarissa Rivière, et ça l'avait émue. Et puis, de sa poitrine qui se soulevait quand elle avait parlé de 69, et ça, ça l'avait vachement excitée…

La musique d'interlude avait pris fin. Elle entama donc la deuxième lecture, celle de Spaddy. Cette fois, les deux textes choisis par le programmateur, même s'ils n'étaient pas actuels, avaient tout de même l'heur de lui plaire. Le sexe oral et l'initiation étaient ses deux thèmes favoris.

Quand elle avait découvert le passage qu'elle aurait à présenter, elle s'était sentie très émoustillée. D'abord par le sujet. Il était clair que cette histoire à trois, impliquant un couple et un cousin du monsieur, beaucoup plus jeune, était un vrai dépucelage, autant intellectuel que sensuel, sexuel, même. Ça ne « faisait pas dans la dentelle ». Le personnage féminin n'était pas avare de descriptions de son anatomie, avec un vocabulaire imagé, cru, à la limite du vulgaire. Mais parfois, il était bon de « bousculer les esprits et les tempéraments tièdes », non ? C'est peut-être ce qu'il se passerait ce soir-là, dans le studio.

Ma garce se pâmait de sa propre luxure :
— Va, disait-elle, regarde… regarde bien… ça me fait jouir !… Est-ce cochon, hein, de te montrer mon con que ta mère a tant de fois bouffé… ce gentil conin, avec le joli petit trou qui est par-dessous ?… Baisse-toi… Tiens, regarde-le !…

Elle replia une jambe sur l'épaule de René, se tourna de côté pour dégager la raie du derrière dont sa main débusqua la rosette de bistre.
— Baise, mon chéri… Baise le petit trou du cul !…

Bon Dieu, ce que c'était grivois… et excitant. Les mains de son savoureux avaient quitté la console.

Comme la semaine précédente, elle ne pouvait les voir. Ah, si la table avait pu être transparente… Elle imaginait ses doigts à lui, qui passaient et repassaient sur les coutures de son jeans, entre ses jambes. Il n'oserait certainement pas les laisser s'aventurer ailleurs.

Elle continua.

> *Elle lui avait passé sa jambe gauche en collier, et paresseusement adossée, les deux bras sous sa nuque, elle balançait sa motte aux coups de langue du gamin.*
>
> *— Mais, c'est qu'il sait faire, le vicieux !... Ah ! qu'il suce bien !...*
>
> *Elle ne fut pas longue à jouir.*
>
> *— Plus vite !... plus vite !... Mets ton doigt dans mon cul... Ah !... ah !...*
>
> *Elle agita son ventre.*
>
> *— Ah ! ça y est !... ça y est !... gémit-elle dans son étreinte de ses jambes autour de la jolie tête.*
>
> *Au même moment, je sentis la petite queue se gonfler, quelques gouttes chaudes perlèrent sur mon pouce et le gosse tituba.*
>
> *— Vite, viens me le mettre, dit Colette qui l'attirait à elle.*

Il y eut un mouvement du doux jeune homme. Il fit tourner le siège se trouvant derrière la console de quelques centimètres et écarta davantage les cuisses. De sa chaise à elle, elle pouvait voir le jeans gonflé, juste à l'entrejambe. Sa tête à lui, renversée, son souffle court, ses yeux fermés, ses mains qui étaient sur ses cuisses et qui les serraient… L'extase le reprenait.

Ses mots ? Sa voix ? Elle ne le saurait sans doute jamais… ou du moins, pas tout de suite.

Debout, tourné vers elle, il lui pointa son vit à hauteur de la bouche.
— Oh! ce chibre mignon! Tiens, mon gosse, plante-le dans ma bouche!...

Cela termina sa lecture de Spaddy. C'était vraiment ce dont elle avait envie avec lui… Elle imaginait son membre adorable, sentant le propre. Son savoureux, qui aurait eu bon goût dans les deux sens du terme…

Il restait une lecture… Il eut toutes les peines du monde à mettre en route le deuxième interlude alors qu'il n'y avait que la souris de l'ordinateur à déplacer un peu et puis, cliquer sur ENTER. Heureusement, la piste était prête.

À nouveau du jazz, mais avec une chanteuse et du piano, cette fois. Elle ne reconnut pas de qui il s'agissait. Elle lui poserait la question après l'émission.

Envie de te lécher, ce matin… Te regarder dormir de cet air si tranquille et puis sourire aux anges.

Ça commençait bien… doucement, avec tendresse, mais très sûrement…

Envie de ton sexe dans ma bouche alors qu'il est au repos. Le saluer et l'honorer à nouveau.

Était-ce vraiment ce dont elle avait envie avec lui ? se demandait le jeune homme. Était-ce une proposition déguisée ? Mais, pourquoi déguisée, au fond ?

Et cela continuait. Après quatre ou cinq autres paragraphes commençant chaque fois par « envie de », cela se terminait par… Ils en frissonnaient tous les deux :

> *Envie de cette envie. Celle qui après le tumulte des étreintes et les secousses de l'amour calme et apaise nos corps. Celle qui frôlera nos peaux dans un même élan, une même pulsation. Celle qui, annoncée par un drap froissé, se révélera demain matin à nouveau.*

Pour les dernières phrases, celles qui parlaient de « drap froissé » et d'envie du lendemain matin au réveil, c'était peut-être un peu exagéré puisqu'ils ne connaissaient de l'autre que les troubles provoqués par les mots. Mais pour le reste, pour l'envie de l'envie qui apaise et calme… Et puis, l'histoire des secousses, ça pouvait être pas mal non plus.

Ils reprirent leurs esprits avec difficulté. Le générique de fin de l'émission était programmé lui aussi et c'est dans de longs soupirs qu'ils levèrent enfin les yeux et se regardèrent. Lui, toujours assis, les mains sur les cuisses. Elle, assise aussi, les doigts tripotant nerveusement la feuille qu'elle venait de lire.

Qu'allait-il se passer à présent ? Tant de frissons les liaient. Tant de choses retenues leur vrillaient le ventre. Tant de désirs sourds et muets. Tant d'excitation. Simplement entre les mots…

Ils se levèrent, gênés tous deux. Elle reprit son manteau et son petit chapeau. Il l'aida à se rhabiller, sans un mot. Ses mains étaient longues et fines, et douces, si douces, quand il chercha à replacer une mèche de cheveux de « la voix » dans son couvre-chef un peu étroit… Il ramassa ses gants qui étaient tombés au moment où elle avait attrapé son manteau et les lui tendit. Elle effleura sa main. Elle se demandait s'il ressentait la même chose qu'elle : une envie irrépressible de le connaître autrement. Elle avait peur de se lancer à corps perdu dans une histoire ratée d'avance. La différence d'âge, c'était ce qui l'angoissait le plus. Bien sûr, elle était attirée par les hommes plus jeunes qu'elle, et pas de trois ans, non, bien davantage. Mais à quoi cela mènerait-il ?

Elle attendit qu'il endosse sa veste en cuir. Ils se dirigèrent vers l'ascenseur, silencieusement. Au pied du bâtiment de la radio, elle appela un taxi. Lui, il reprit sa petite voiture grise au parking. Il en avait pour une cinquantaine de minutes pour rejoindre son appartement. Pour elle, ce serait plus rapide : elle avait hâte d'être chez elle, au calme, avec toutes ces sensations au creux de son ventre. Ce monsieur avait vraiment déposé en elle intérêt et excitation… Cela promettait une nuit dans laquelle les fantasmes pour son corps jeune se mêleraient au souvenir de ses regards troublés…

2

Initiation savoureuse

Janvier 2018

— Je te ramène ?

En quelques semaines, leurs rapports étaient devenus plus intimes. Il est vrai que passer une heure en début de nuit, à raconter et à écouter des histoires olé olé, ça rapproche. Il n'y avait plus eu de vrai contact physique entre eux depuis la fois où elle avait lu son histoire d'envies. Ses doigts étaient si doux, tellement précis, quand il avait cherché à replacer cette petite mèche de cheveux dans le chapeau de Marine. Elle le regardait avec toujours autant de trouble. Les yeux vert écume balayés de temps à autre par ses longs cils, les paupières closes, le souffle haletant, la poitrine qui se soulève, les jambes qui s'écartent... Tout cela ne faisait que la conforter dans l'idée qu'il avait envie de sexe. Serait-il prêt à succomber entre ses bras, entre ses draps ?

Il l'avait emmenée dans un endroit en pleine campagne. C'était une salle de concert assez petite. Des tables et des chaises étaient réparties dans l'espace réservé au public. La scène n'était pas très grande, mais suffisamment pour leur formation de jazz. C'est ce soir-là qu'elle fit la connaissance de ses comparses. Il y avait John, le pianiste, un homme élancé avec des cheveux bouclés et des mains très longues. Tom, le guitariste, au tempérament fougueux : les mouvements de son corps suivaient les tempos les plus endiablés. Seb, le contrebassiste, le plus souple, capable de se contorsionner dans toutes les positions. Éléonore, la voix sublime : pas très grande, blonde, avec un timbre rauque que Marine reconnut sans peine. C'était celui de la chanteuse qui était accompagnée par un piano et qu'Adam avait choisi de passer comme deuxième interlude, après la lecture de Spaddy quelques mercredis auparavant. Et puis, cerise sur le gâteau… Adam, qui n'intervenait pas à chaque morceau, mais dont les impros au sax étaient, comment expliquer… « tout ce qu'il ne disait pas ». Cela partait des troubles, des sentiments retenus et ça explosait petit à petit en gerbes d'émotions. Il avait une manière particulière de jouer : très tendre, jamais agressive, un son velouté. Cela lui ressemblait tout à fait. Il avait un tempérament plutôt introverti. Un self-control indéniable. Une douceur qui transforme tout élan en quelque chose de si délicat, de si élégant. Combien elle prenait la mesure de ce qu'il était vraiment… Quand il n'intervenait pas, il la rejoignait, à une table sur la gauche.

Il lui avait parlé de ses débuts, dans cette radio de province alors qu'il était toujours aux études. C'était non loin de chez ses parents. Et puis, porteur de son diplôme, il était allé frapper à la porte d'une radio nationale dans laquelle il travaillait maintenant. Il avait été appelé par la radio de ses premières amours un soir, pour remplacer le sonorisateur attitré et s'était débrouillé ensuite pour devenir le titulaire de la soirée du mercredi. Ce serait donc toujours lui qui serait en face d'elle dans le studio minuscule des *Coquineries littéraires*… Elle en avait éprouvé une certaine fierté et surtout une joie profonde. Ainsi, ils pourraient se « voir » chaque semaine.

Son appartement se trouvait à moins d'un quart d'heure de la salle de concert. Sur le chemin du retour, ils discutèrent de la manière dont elle avait apprécié la musique, des conversations qu'elle avait eues avec les autres membres du groupe. Ils étaient sympas… jeunes, mais intéressants, ne se prenant pas la tête. Marine et Adam arrivèrent rapidement à destination. Il faisait toujours froid : on était en janvier. Malgré son manteau noir, son chapeau, ses gants et son écharpe bleu pétrole, elle frissonnait. Mais peut-être n'était-ce pas le froid qui lui faisait cet effet. Quand la voiture s'immobilisa devant son immeuble, elle fouilla dans son sac, à la recherche de ses clés. Elle n'avait pas envie d'avoir à le faire devant la porte de peur de se refroidir davantage.

Ah, enfin, elle les tenait. Elle se pencha vers le jeune homme, déposa un baiser sur sa joue et sortit de la petite voiture grise, ses clés à la main. L'éclairage extérieur du bâtiment s'alluma. Elle entreprit d'ouvrir la porte. Bon Dieu, ce qu'elle avait les doigts gelés. Elle fit un petit signe de la main à Adam et puis… mais, qu'avait-elle fait de ses gants ? Elle jeta un coup d'œil par terre, près de la portière de l'auto. Rien. Adam s'était rendu compte que quelque chose n'allait pas. Il allongea le bras et ouvrit la porte côté chauffeur en lui demandant :

— Un souci ?

— Oui, je pense que… j'ai dû laisser tomber mes gants. Je ne les trouve pas.

— Attends, je jette un coup d'œil. Ah, les voilà. Ne bouge pas, je te les amène.

Il sortit de la voiture et la rejoignit, face à la porte d'entrée, dans laquelle Marine avait déjà introduit sa clé. La minuterie de l'éclairage extérieur s'était arrêtée : ils étaient à présent dans le noir...

— Tu entres pour un dernier verre ?

— Oui, mais, je... je ne peux pas rester longtemps : je bosse demain.

Ils se retrouvèrent donc dans le hall de l'immeuble. Aussi tendus l'un que l'autre. C'était la première fois qu'elle faisait venir un homme chez elle. Ils montèrent les escaliers. Elle ouvrit la porte et le fit passer devant elle.

— Installe-toi. Si ça ne te dérange pas, je vais passer quelque chose de moins... de plus...

Elle était gênée... Elle lui servit un verre de Saint-Julien et puis disparut dans la salle de bain, le laissant choisir où s'asseoir. Il y avait un canapé, en cuir blanc, une chaise avec un coussin rouge, sans accoudoir, un fauteuil bas... Il choisit la chaise, et le verre à la main, attendit son retour. On n'était pas dans un vague porno ou un film romantique. Elle n'avait pas vraiment l'intention de le séduire avec de beaux atours sexy ou transparents. Non, elle misait plutôt sur une tenue un peu classe, mais décontractée, quelque chose qui n'entraverait pas ses mouvements et qu'elle n'aurait pas peur d'abîmer ou de froisser. Son choix se fixa sur une petite robe noire, pas trop moulante, et des bas... Il n'y avait rien de racoleur, enfin, rien de visible. Elle vint s'asseoir près de lui, un verre à la main également, et le regarda.

Comme il était charmant. Il ne disait rien. Son visage, pourtant, n'était qu'expressions tendues. Un petit battement faisait frémir sa tempe. Ses cils papillonnaient vite. Il mordillait sa lèvre inférieure. Il avait en tête cette histoire d'étapes ou de consignes, plutôt, données par le Kama Sutra pour une fellation réussie, parfaite. Plus le temps passait, plus il se remémorait comment Marine lui avait fait complètement perdre les pédales quand il avait découvert sa voix, sa façon de lire… et combien il en avait été troublé. Depuis, il y avait eu d'autres lectures. Il ne savait pas pourquoi, mais il sentait qu'elle les choisissait autant pour se faire plaisir à elle qu'à lui. Elle s'ingéniait à illustrer le thème de l'initiation… Les relations entre une femme expérimentée et un homme à qui elle fait découvrir la jouissance. Il devait bien y avoir une raison à cela, non ? Et cette raison, si c'était lui ? Si, justement, c'était des actes manqués, des lapsus révélateurs, des… ou peut-être était-ce justement très stratégique ? Il s'imaginait que c'était cela et, bon Dieu, ce qu'il en était émoustillé… Il n'avait pas énormément d'expérience. Oui, quelques relations amoureuses, enfin, si on pouvait parler d'amour. C'était plutôt des flirts de quelques semaines et il n'avait pas été bien loin niveau sexe. Il y avait eu cette histoire avec Béa et Téo assez récemment, mais en veille pour le moment. Alors, si ce qu'elle sous-entendait, ce qu'elle se laissait aller à lui suggérer, c'était… une relation orientée vers l'accomplissement de son dépucelage… intellectuel et surtout… sexuel… Mmm…

Elle se demandait à quoi il pensait. Il avait à nouveau les yeux fermés. Il avait déposé son verre sur la table basse qui lui faisait face et tentait de respirer plus calmement. Il sentait son cœur battre dans chaque extrémité de son corps : ses mains, sa langue. Cela ne s'arrêtait pas là : cela se propageait à son ventre, son sexe et…

Silencieusement, elle se leva, déposa son verre à côté de celui d'Adam et très lentement, lui faisant face, vint s'asseoir sur lui, les cuisses bien écartées. Il ne savait que faire de ses mains. Fallait-il lui laisser l'initiative ? Attendait-elle un geste de lui ? Il lui prit la taille, un peu hésitant. Les yeux toujours fermés, il enfouit son nez dans ses cheveux. Posément, avec énormément de précautions, il déposa ses lèvres dans son cou. Mmm, elle sentait bon la rose. Il continua de descendre : la naissance de ses seins… C'était délicieux. L'odeur corporelle de Marine devenait plus prononcée. Il était un peu enivré. Elle commença imperceptiblement d'onduler. Son sexe nu était contre la braguette du jeans d'Adam… Cela ne dura pas longtemps. Elle lui demanda, dans un souffle, de garder les yeux fermés, se releva et entreprit d'ouvrir le pantalon du jeune homme. Son sexe à lui était déjà dur. Elle se rassit sur lui, et reprit ses mouvements. Elle l'entendait respirer plus vite. Il cherchait à présent à lui mordiller le lobe de l'oreille droite, l'épaule et les lèvres. Il s'y entendait, en tout cas, en préliminaires… soft. De la douceur, rien que de la douceur. De la délicatesse. Non, il n'était pas très savant, mais la manière dont il aiguisait l'envie de Marine, rien qu'en effleurant son oreille et sa bouche… Elle avait à présent défait les boutons de sa chemise. Elle la lui retira et le contempla. Elle ne s'était pas trompée : sa poitrine était large et d'une douceur… Il n'avait pas beaucoup de poils : elle n'avait jamais aimé cela, d'ailleurs. Elle s'amusa à passer ses doigts sur ses tétons, les titillant pour les faire un peu durcir puis se serra contre lui. À son tour, il lui ôta ce qu'elle portait. La robe noire tomba à côté de la chaise. Elle n'avait rien dessous. Il ne lui restait que ses bas, de ceux qui tiennent tout seuls. Il passait et repassait les doigts juste à leur limite, sur le haut de ses cuisses, appréciant leur douceur et leur fermeté. Oui, elle était plus âgée que lui, mais apparemment, les signes du temps n'avaient pas encore fait de vrais ravages…

Après un baiser, mêlant leurs langues et leurs respirations, elle se leva, lui demanda à nouveau de garder les yeux fermés, lui prit la main et l'emmena dans sa chambre. Elle aurait pu choisir le canapé. Mais non, la douceur des draps, le fait que demain, ils seraient chiffonnés de leurs ébats, cela lui plaisait bien plus. Ce à quoi elle rêvait depuis pratiquement quatre mois était en passe d'arriver : son savoureux, son Adam, elle allait pouvoir s'en occuper, lui faire découvrir ces plaisirs dont il n'avait certainement jamais eu l'occasion de profiter.

Ils étaient nus, à présent, complètement nus, au creux des draps. Il était à sa droite. Elle commença, gentiment, par le parcourir de sa langue : elle descendait lentement, jusqu'à son nombril, en faisait le tour, l'y introduisait, remontait, redescendait en suivant le creux de son aine… Un ballet incessant. Elle se gardait bien d'effleurer son sexe, que ce soit avec sa bouche ou avec ses doigts. Elle voyait sa poitrine à lui se soulever, cela l'excitait parce qu'elle savait qu'il avait du plaisir. Après avoir léché et mordillé le bas de son ventre, elle s'occupa du creux de ses coudes, de ses doigts. Elle les engloutissait l'un après l'autre, avec des bruits très mouillés. Comme elle aurait eu envie de ses doigts dans son vagin… Elle n'osa pas lui en parler de peur de le brusquer. Ils avaient le temps, de toute manière.

Et puis, ce fut lui, très timidement d'abord, qui entreprit de la caresser. Il la sentait si excitée qu'il voulut, sans grands détours, commencer par son sexe. Bien sûr qu'elle était trempée. S'il voulait, il pouvait la lécher. Mais ce qu'elle attendait plutôt, c'était qu'il lui parle. Qu'il lui dise ce qu'il avait envie de lui faire. Avait-il besoin d'idées ?

— Passe ta main dans mon dos… effleure mes fesses. Tu aimes ?

— Elles sont douces, tellement douces.

— Écarte-les. Mmm, oui, comme ça.

— …

— Maintenant, passe un doigt jusque devant : tu sens combien je mouille ?

— …

— Vas-y, n'aie pas peur. Tu prends un peu de ma mouille sur ton doigt et tu me branles le petit trou avec ton doigt humide. Oui, continue. Tu sens comme je me resserre et puis me relâche ?

— C'est… bizarre, mais oui…

Visiblement, la sodomie, il n'avait jamais pratiqué. Ce serait pour un autre jour. Il ne fallait pas l'effrayer…

— Entre ton doigt plus loin et un autre dans ma chatte. Tu sens comme c'est facile ?

— …

— Joue avec la paroi fine, à présent, celle qui sépare mes deux trous. Oh oui, tu vas me faire venir. Pas trop vite, prends ton temps. Tu fais ça très bien, tu sais… Continue.

— Je ne te fais pas mal ?

— Non, du tout. Tu sens comme je mouille ? C'est bien la preuve.

Oh oui, qu'il sentait. Il avait envie de la goûter. Pas simplement sur ses doigts, non, avec sa langue, là, un peu plus bas que son ventre. Il lui demanda s'il pouvait se mettre autrement, histoire de changer d'angle. Elle… *Bien sûr, mon savoureux que tu peux. Tu sais bien que je ne rêve que de ça, te prendre en bouche et que toi, tu t'occupes de moi de cette manière aussi.* Ils se retrouvèrent donc tête-bêche. Lui, le nez contre son pubis et elle, la bouche englobant son sexe.

Il était vraiment savoureux… Pas de ces odeurs fortes, très prégnantes, juste un petit parfum amer et doux. Il avait bon goût. Celui de quelqu'un de jeune, oui, mais très suave, pas agressif comme celui de certains ados. Elle, il la trouva délicieuse. Des effluves de rose. Sa cyprine était présente jusqu'à sur ses cuisses. Il la lécha et la lécha encore. Elle s'agitait sous ses petits coups de langue. Cela commença par le haut de ses jambes, ensuite, l'endroit où elle s'épilait : une partie de son pubis et puis ses lèvres ruisselantes, gonflées de désir. Il les mordillait. Il avait envie de les manger vraiment. Il était enivré, à nouveau.

Pendant ce temps, elle s'occupait du membre d'Adam, ce qui n'était vraiment pas aisé du fait de l'art avec lequel il s'employait à la satisfaire. Elle avait commencé par jouer avec son prépuce, doucement. Elle le décalottait, passait sa langue sur son gland, et puis laissait revenir le petit morceau de peau pour le recouvrir.

À ce régime, ils ne tinrent pas le coup longtemps. Ils sentaient l'un comme l'autre l'orgasme se précipiter. Bien sûr, quiconque aurait dit que dans cette position, cela avait plus à voir avec des préliminaires qu'avec autre chose, mais l'art et la conscience avec lesquels ils s'y étaient adonnés avaient tout lieu d'être un moment charnel très intense. Aussi, il ne leur fallut pas davantage que cinq minutes supplémentaires pour que l'un comme l'autre gémisse, soupire, et atteigne le septième ciel. Pour elle, ce fut long, très long : sa jouissance était trop attendue, trop espérée depuis tout ce temps. Elle émit un grand râle :

— Oh oui, Adam, c'est bon… Encore, encore, encore…

Son dernier « encore » resta coincé quelque part entre sa gorge et ses lèvres. Elle reprit le membre d'Adam en bouche, loin, profond. Ce fut à son tour de se répandre. Elle fut si étonnée de la puissance de son orgasme qu'elle commença par s'écarter de lui. Puis, pour qu'il puisse avoir autant de plaisir qu'elle, elle recommença de le sucer, alors qu'il déchargeait à grands jets… Il fut beaucoup plus discret qu'elle… mais quand cela s'arrêta, son visage était transformé : une grande paix, un soulagement, comme un air victorieux pourtant. Quelle assurance il avait prise en moins d'une soirée.

Il la rejoignit. Ils étaient côte à côte, heureux, apaisés, sereins. Ils se sentaient bien dans le regard de l'autre, dans ses désirs, dans ces plaisirs qu'ils venaient de s'offrir. Ils se prirent la main, tendrement. Ils s'embrassèrent à nouveau. Elle lui demanda s'il souhaitait prendre une douche et disparut dans la salle de bain.

Les corps émus, ils s'alanguirent sous l'eau chaude et puis, leurs têtes sur les oreillers, ils s'endormirent.

Demain. Demain, ils parleraient de tout cela.

3
Frissons noctambules

Début février 2018

— Agathe des *Frissons noctambules* vous souhaite la bienvenue. Une émission toute en découvertes litté-raires, sonores, picturales... Rejoignez-nous pendant une heure et laissez-vous embarquer.

La bouche un peu éloignée du micro, elle attendait la fin du jingle d'ouverture, une trentaine de secondes de *free* jazz. Un piano, un sax et une voix, qui s'enroulait de manière voluptueuse autour des instruments.

— Ce soir, Apolline et Simon sont en studio pour nous présenter le dernier projet de la chanteuse. Vous n'êtes pas sans savoir que le répertoire de celle-ci s'articule autour de « revisites » un peu particulières. Je veux parler de poèmes de du Bellay, Ronsard et d'autres, qu'elle met en musique. Pouvez-vous m'en dire plus, Apolline ?

C'est Simon qui prit la parole. L'air bienveillant avec lequel il enveloppait sa protégée laissait deviner admiration consumée, mais aussi rigueur et... peu de place à l'émotion. Quoique... Il ne donna à Apolline ni le temps ni l'occasion de répondre. D'un air enjoué et sûr de lui, il commença :

— À l'instar de Samir Barris, lui aussi guitariste, qui met en musique des textes de Verlaine, Lamartine... dont le sujet serait plutôt la nature, Apolline choisit des mots parlant d'amour, de désir...

Depuis peu, c'était lui qui avait pris en charge la carrière, mais aussi la promo de cette jeune artiste, découverte dans une petite salle au sein de laquelle ne se produisaient que des amateurs. C'était, en quelque sorte, une intervention selon le principe des « scènes ouvertes ». Il l'avait repérée quand elle s'était assise dans l'espace minuscule consacré au spectacle, la guitare à la main, et avait juste murmuré, en guise d'annonce de ce qu'elle allait interpréter : « Ronsard ». La demoiselle portait un long pull ample, gris, de la même couleur que ses yeux, un jeans slim, des boots et un foulard fuchsia noué dans les cheveux. Elle donnait l'impression d'être une petite chose fragile, une fleur sauvage ballottée par le vent. Sa voix était un peu étranglée quand elle avait prononcé le nom de l'auteur français, mais au moment où elle s'était mise à chanter, ses hésitations s'étaient envolées. Et là, Simon sut qu'il avait découvert… la perle rare.

Douce Maîtresse, touche,
Pour soulager mon mal,
Ma bouche de ta bouche
Plus rouge que corail ;
Que mon col soit pressé
De ton bras enlacé...

Cela se termina par :

Heureux sera le jour
Que je mourrai d'amour !

Ce subtil mélange entre la douceur de l'accompagnement en arpèges de la guitare et un rien de rage dans la voix alors que le texte était si prévenant, si tendre, si prometteur de plaisir affectueux… C'est ce dont il parla ensuite. Qu'outre ce qui sortait de la bouche de la jeune femme, il y avait cette dualité, cette coexistence entre caresse et chiquenaude.

Après avoir fait l'éloge d'Apolline, il redevint moins enflammé et proposa à Agathe de la laisser chanter quelque chose de court, « juste pour qu'elle et ses auditeurs puissent se faire une idée ». Ses yeux bleu pâle cerclés de lunettes à la monture sombre se faisaient à peine insistants. Il avait, d'un geste nerveux, ramené une mèche de ses cheveux argent sur le sommet de sa tête. Ceux-ci étaient un peu longuets, de l'avis d'Agathe, mais cela lui donnait un charme de grand seigneur d'un autre temps qui n'était pas déplaisant à regarder. Il avait la dégaine d'un ado, comme trop vite monté en graine. Seule une ride lui barrant le front pouvait donner une idée plus exacte de son âge. C'était un bel homme distingué, qui, bien que marqué par la vie, brûlait d'enthousiasme et de générosité.

Les lèvres pratiquement collées au micro, Apolline commença donc une chanson brève. Elle parlait de doigts doux sur un piano, de voix veloutées, de soupirs. Le texte était un peu exalté, la musique était exquise de tendresse, comme une « caresse sous la peau », mots de Chloé Douglas, l'auteure. Quand le chant s'arrêta dans un sanglot, Agathe et Simon avaient la gorge nouée. Ils se regardèrent d'un air entendu et Agathe, pour se donner le temps de reprendre ses esprits, se tourna

vers le sonorisateur de l'émission pour qu'il envoie…
n'importe quoi. Adam, dont le trouble s'insinuait gentiment au creux de l'esprit, enclencha *I'm Gonna Leave You*, le remix d'un titre d'une *jazzwoman*, quelque chose qui avait de la gueule, mais qui restait intime.

Depuis le début de l'émission, Adam ne quittait pas Simon des yeux. Oui, il avait reconnu cet esthète. Il l'avait eu comme prof durant ses études. C'était un féru d'art. Il donnait des cours d'histoire de la littérature, sans s'encombrer de syllabus ou de quelque photocopie que ce soit. Non : il fallait prendre note au vol, et puis faire des recherches personnelles afin d'étoffer ce qu'on avait réussi à écrire à l'arrache. Il avait retrouvé cette passion un peu sauvage, cette belle manière de s'exprimer, cette façon toute particulière de choisir et de se servir des mots. Simon l'avait-il reconnu ? Non, sans doute. Ils étaient nombreux à ce cours et, en règle générale, il n'y avait pas de brosseurs. Le cours était intéressant, et puis cela changeait des autres cours théoriques qui, au final, même s'ils avaient des liens avec le traitement du son et autres joyeusetés du genre, étaient bien moins vivants. La prestation d'Apolline, parce que, tout de même, même si c'était Simon qui avait parlé pas mal, l'avait emmené lui aussi. Tant de fraîcheur dans ces textes d'un autre temps, tant de sensibilité dans l'interprétation… et ces doigts qui couraient très légèrement sur les cordes, cela l'avait ému. Il avait aimé cette retenue aussi. Une douceur certaine émanait d'elle, comme une innocence, et cela n'était pas feint : elle n'avait aucune idée des troubles indécents qu'elle faisait naître chez ses auditeurs. Adam avait apprécié, mais comme il n'était pas du genre à lâcher prise, à exulter, il était resté très discret. Il raconterait l'émission à Marine qui n'allait pas tarder à arriver pour les *Coquineries littéraires*. L'émission de lectures de textes érotiques commençait d'ici un gros quart d'heure. Il restait l'agenda des sorties de la semaine et les événements culturels à venir à annoncer. Il serait pratiquement 23 heures et on enchaînerait sans véritable interruption.

— Pour terminer, notez l'expo d'untel, la sortie du nouveau roman d'untel autre dans toutes les bonnes libraires et surtout, surtout, le concert d'Apolline R. au Rideau Rouge dans un peu plus d'un mois, le samedi 18 mars.

Agathe fit signe à Adam de muter les micros et d'envoyer le générique de fin. Trois minutes seraient suffisantes à Apolline pour ranger sa guitare et à Simon pour dire encore quelques mots hors antenne à Agathe et Adam. S'ils souhaitaient venir au Rideau Rouge, ils seraient ses invités.

Marine arriva, essoufflée comme toujours, et prit place derrière le micro, sous les yeux d'Adam. Celui-ci avait hâte de lui parler de ce fameux duo que constituaient les invités de l'émission précédente. Il aurait voulu faire découvrir la chanteuse à son amie et se disait que Simon, avec sa fougue et sa gentillesse, séduirait certainement Marine. Entre deux lectures de cette dernière, pendant l'interlude, il lui parla du concert.

Depuis cette fameuse nuit de fin janvier, celle où le jeune homme était devenu son amant, il fallait reconnaître qu'ils passaient pas mal de temps ensemble et… pas que pour le boulot. Oui, ils s'accordaient pour les musiques qui assuraient les liens entre ce que Marine lisait. Et ses textes, sélectionnés avec toujours autant de soin, étaient la plupart du temps de ceux qu'ils aimaient autant l'un que l'autre. Cela parlait d'initiation.

Ce soir, il s'agissait d'un texte qu'elle avait trouvé sur un site de récits érotiques postés par « monsieur ou madame tout le monde ». Il racontait comment un jeune homme de vingt ans a une première expérience avec une femme mariée d'une cinquantaine d'années. Marine présenta la situation : Constance prend en charge Thomas qui fait du stop sur une petite route en pleine campagne. Le trouble du jeune homme devant la dame encourage celle-ci à se dénuder et à emprunter un chemin de campagne…

Ses yeux sont à présent dans ceux de Thomas. Elle reprend sa caresse sur sa poitrine, mais ne peut empêcher son autre main de se poser sur cette bosse qu'elle convoite avidement. Elle la palpe, en jauge la dureté au travers de l'étoffe. Elle se décide à ouvrir ce pantalon, plonge la main dans le boxer et en sort un sexe bien raide et bien droit. Le caressant avec précaution pour commencer, elle finit par le prendre en main fermement et le fait coulisser sur toute sa longueur.

Thomas, ne sachant trop quelle attitude adopter, lui caresse le poignet tout en savourant les manipulations de cette femme.

Celle-ci se penche à présent et pose ses lèvres sur le gland de l'homme. Après l'avoir léché tendrement, l'avale complètement. Jamais il n'avait été soumis à ce genre de chose. Il soupire et soupire encore, rapidement.

*Il caresse les cheveux de sa partenaire qui, lui prenant
la main, la pose sur ses seins et lui demande de les
caresser...*

*Au bout de quelques instants, Constance se redresse
et envoie valdinguer chemisier et soutien-gorge, s'ap-
proche plus près encore de lui, lui saisit les mains, et
de manière très déterminée, les lui fait remettre sur
sa poitrine. Docilement, il s'active donc, la massant,
pinçant délicatement les tétons, ce qui ne fait que
renforcer l'excitation de Constance. Elle a repris le sexe
de Thomas en main, le cajole, l'embouche à nouveau
et s'active à le sucer passionnément. Tout en léchant
le chibre et son extrémité, elle caresse ses couilles... Elle
sent alors l'homme vibrer de plaisir et c'est dans un
souffle qu'il murmure :*

— Je viens, je... viens... Constance...

Adam, que tout ceci émoustillait vraiment, avait les
yeux fermés, les ailes du nez vibrant. Il se souvenait
de la manière dont Marine, il n'y a pas longtemps,
avait fait pareil avec lui. Il aimait particulièrement la
douceur du texte, celle du jeune homme caressant le
poignet, puis les cheveux de sa partenaire. C'était des
choses qui l'excitaient. Cela continuait. On sentait très
bien la tension monter. Rien de vulgaire, de cru. C'était
la première fois que, dans un texte de ce type, il était
question de préservatif. D'habitude, les personnages
ne faisaient pas mention de quelque protection que ce
soit. Les quelques mots de Constance glissés à l'oreille
de Thomas étaient tout ce qu'il y a de plus respectueux,
mais aussi raisonnables alors que le feu entre eux ne

présageait pas ce genre de considérations et d'hésitations. Le « pour une première fois, tu aimerais que ce soit sans protection, que tu sentes la douceur de mon vagin autour de ta queue ? » étourdit Adam… Quant à Marine, c'est davantage le fait d'anticiper le plaisir de Constance qui allait « se faire prendre naturellement » qui décupla son excitation à elle. Adam s'était toujours demandé si, inconsciemment ou très consciemment, la jeune femme se rendait compte de l'effet que ses mots et sa voix avaient sur ses auditeurs… Savait-elle que ce qui les excitait, c'était de se mettre dans la peau — c'était le cas de le dire — des personnages et par là même en éprouver du plaisir ? Pour une femme, c'est différent : Marine ne se serait jamais imaginée en train de faire ce qu'elle lisait tout haut, du moins, au moment où elle le lisait. Les mots s'insinuaient en elle, y dessinaient un chemin très sensuel partant, en général, de son bas-ventre et irradiant ensuite sa vulve, son vagin, son anus, sa bouche… Ah, les zones érogènes : il y avait là parfait inventaire des endroits les plus sensibles au plaisir sexuel qu'elle ressentait. Et puis, ce sentiment de… puissance : mener au désir, et par extension au plaisir, ses auditeurs. Elle savait que certains n'hésitaient pas à se masturber quand ils se rendaient compte de l'état de ce qu'ils avaient entre les jambes…

La lecture de Marine s'achevait à présent. Adam, complètement troublé par les mots de son amie et sa manière ingénue de rendre le texte vivant, avait eu, à nouveau, du mal pour lancer le générique de fin de l'émission.

Dans l'ascenseur qu'ils reprirent ensemble pour regagner le rez-de-chaussée du bâtiment de la radio, ils s'effleurèrent. Marine, collant son nez dans le cou d'Adam, lui chuchota :

— Tu me reconduis ?

Il savait qu'elle se ferait très entreprenante, très tendre, très… tout ce qu'il aimait. Qu'eux aussi, ils feraient l'amour sans protection. Qu'elle sentirait sa liqueur chaude se répandre dans son intimité. Qu'il serait vigoureux, ardent et parfait, même si son expérience n'était pas encore très étendue… Et que, le lendemain, il repartirait, les yeux brillants, heureux et fier d'avoir à nouveau satisfait sa Bleue en tous points. Il s'était arrangé pour ne travailler qu'à 14 heures, et cela leur laissait un peu le temps de… Elle commençait de donner ses cours à 10 h 30.

Tout était pour le mieux…

4
Les rubans bleus

Fin février et début mars 2018

Le visage penché sur un petit carnet quadrillé à spirales, un crayon Conté vert muni d'une gomme entre les doigts de la main gauche, elle était très, mais très concentrée. Sa tante lui avait assigné la tâche délicate de faire l'inventaire de ce qui se trouvait dans la partie principale de la mercerie. Compter les boutons, les paires d'aiguilles à tricoter, les cotons moulinés de chez D.M.C, ce n'était pas chose ardue. Cependant, attention et précision étaient de mise. Il fallait répertorier les références, les couleurs et tout et tout, et puis tout encoder dans Excel.

C'est à ce moment que la sonnette du magasin tinta. Celui-ci se trouvait dans le vieux quartier de la ville, dans une rue piétonne, entre une boutique de chaussures et une confiserie qui vendait encore les sucettes et des bonbons à la pièce.

Lentement, le jeune homme s'approcha du comptoir. Il avait l'air un peu perdu, et surtout gêné. Elle leva les yeux vers lui. Pour quelle raison venait-il donc se perdre ici ?

— Je voudrais... du ruban…

Elle le regardait, songeuse : elle se sentait bien en peine de satisfaire sa demande s'il ne lui disait pas ce qu'il souhaitait comme largeur, comme longueur, comme couleur, aussi, et éventuellement l'usage qu'il comptait en faire.

— En quel métrage ? De l'étroit ? Du plus large ?

— Je ne sais pas trop. Je comptais sur vous pour…

— Un petit coup de main ? Mais, pas de soucis, monsieur.

— Il faudrait qu'il soit bleu. Deux morceaux assez larges et un autre plus étroit. Pour la longueur…

— Que souhaitez-vous en faire, de ces rubans ? Satin ?

— Oui, satin, un peu brillant, vous voyez ? Et doux, très doux…

— OK, je vous sors ce que j'ai.

Elle lui tourna le dos, ouvrit un grand tiroir à la hauteur de ses cuisses et en extirpa des cartons sur lesquels étaient enroulés des rubans bleus : du turquoise, du bleu plus vif, de l'azur et de ce bleu pervenche tirant un peu sur le mauve... C'était précisément ce qu'il cherchait. Son visage s'éclaira et ses yeux vert écume se mirent à pétiller.

— Celui-là, dit-il en désignant le dernier carton. Exactement, celui-là… Pour la… quantité, je voudrais que vous m'aidiez.

Elle mit les « bleus inutiles » sur le côté. Il continua. Il se mordillait la lèvre inférieure et puis, subitement, se lança à l'eau : il fallait qu'il parle très vite, comme pour se débarrasser d'un secret honteux, inavouable… D'un trait, sans respirer, il poursuivit :

— C'est pour un jeu. Je voudrais attacher les poignets d'une jeune personne et aussi l'empêcher de parler et de… regarder. Vous voyez ?

Ses joues avaient viré au rouge. Elle le regardait, avec un petit sourire très amusé, à présent. Sans rien dire, elle prit le carton avec le ruban bleu pervenche, déroula celui-ci sur une bonne longueur sans le couper, et, le regard engageant, confia le ruban à son vis-à-vis en lui tendant ses poignets. Les longs cils de celui-ci battaient rapidement. Saisissant l'extrémité du ruban, il lui fit encore faire un tour de carton puis, d'un geste rapide des doigts, il noua celui-ci autour des poignets de la vendeuse. Il ne serra pas, ou alors, juste un peu… Adroitement, un autre nœud, avec deux boucles. Ils se regardèrent avec un petit sourire. Il tint le ruban à l'endroit où il jugeait la longueur idéale pour l'usage qu'il voulait en faire, elle dégagea ses poignets, attrapa une grande paire de ciseaux et donna un coup bien large à côté des doigts du jeune homme.

— Autre chose ? Une autre mesure à prendre ?

— Juste celles pour qu'elle reste silencieuse et aveugle.

— Il faudrait peut-être quelque chose d'un peu plus large… Entre cinq et sept centimètres, je pense que cela devrait convenir.

Le jeune homme avait les yeux un peu perdus dans le vague. Il devait, pensa-t-elle, s'imaginer cette demoiselle entravée et toute à lui et cela la rendit rêveuse… Reprenant ses esprits, elle rouvrit le tiroir contenant les cartons de ruban, y rangea ceux dont la couleur ne convenait pas et en prit un autre avec du ruban bleu pervenche moins étroit que celui qu'elle venait de découper et de rouler autour de sa main. Ils procédèrent de la même manière pour la bouche et les yeux. Et c'est très satisfait qu'il quitta la mercerie, ses précieux rubans dans un petit sachet de papier. La mercière avait ajouté un morceau d'une bonne vingtaine de centimètres de ruban étroit de la même couleur :

— Je suis certaine que votre demoiselle saura comment en faire usage, avait-elle ajouté avec un sourire malicieux…

On était à présent début mars… et aujourd'hui, il y avait exactement six mois qu'Adam et Marine avaient animé les *Coquineries littéraires* pour la première fois conjointement. Il y avait eu ces moments chauds, durant les émissions, où l'un comme l'autre avaient laissé vagabonder leur esprit, qui dans les méandres des fantasmes d'initiation, qui dans les rêveries de sexe oral. Il avait fallu pratiquement un mois pour que les futurs amants passent au-dessus de la timidité que la présence de l'autre leur inspirait. Marine, enjouée de nature, aurait voulu que les choses aillent vite, entre eux. Elle avait complètement fondu devant ce beau jeune homme troublant, troublé, dont les regards verts la séduisaient au plus haut point. Il suffisait qu'il pose les yeux sur elle et elle se sentait se liquéfier au propre comme au figuré. Adam s'en était-il rendu compte ? Non, certainement… Dans un premier temps, il avait été subjugué par la voix de Marine, par son aplomb, sa manière ingénue de restituer ces textes érotiques à l'antenne. Et puis, de fil en aiguille, ils étaient devenus plus intimes. Un soir, après un concert, le jeune homme avait reconduit la lectrice chez elle et avec une douceur infinie, celle-ci en avait fait son amant. Il n'était pas très « savant » en ce qui concernait les plaisirs du lit, mais il était un élève extrêmement prompt à la compréhension. Les choses se passaient le mieux du monde entre eux.

Aussi, quand, mystérieux, il arriva à l'appartement de Marine ce soir de mars, celle-ci sut que cette soirée et les moments qui suivraient seraient particuliers. Il avait déposé le petit sachet de papier de la mercerie sur la table, à côté du verre à vin de Marine et celle-ci se demandait bien ce qu'il contenait. Adam voulait faire durer le plaisir, l'attente, et ne fit aucun commentaire sur son achat mis à part :

— C'est pour après, juste pour toi...

Le dîner, délicieux, se déroula de manière très animée. Ils évoquèrent les émissions passées, les choses amusantes se produisant dans le studio avant et après les *Coquineries littéraires*, la découverte d'Apolline R., la jeune chanteuse de l'âge d'Adam qui leur avait été présentée quelque temps auparavant par son mentor, Simon, ancien prof d'Adam.

C'était un bon moment, tendre, gentil. Le vin était délicieux, le repas aussi. Ils n'avaient plus fort faim et Marine proposa de prendre le dessert après... quand ils auraient « laissé un peu descendre le reste ». Elle était impatiente de découvrir ce que contenait le mystérieux petit sac en papier, mais elle ne voulait pas presser les choses. Elle connaissait la retenue et les hésitations du jeune homme, et puis... Contre toute attente, celui-ci lui reparla de leur première nuit, celle où elle et lui... Il lui demanda si elle serait d'accord de passer cette petite robe noire, comme ce soir-là. Il la laissait se changer, qu'elle ne mette rien sous sa robe mis à part ces « bas qui tiennent tout seuls ». Il alla prendre place dans le canapé blanc. Elle fila dans sa chambre pour se changer.

Quelques minutes plus tard, elle le rejoignit. Il avait défait les deux premiers boutons de sa chemise et deux verres les attendaient sur la table basse. Sans un mot, il lui fit signe de prendre place à côté de lui, la quitta pour aller chercher le fameux petit sachet. Et toujours silencieux, y plongea la main à la recherche d'un des rubans larges. Lentement, le souffle profond, il le noua sur les yeux de Marine. Celle-ci ne s'attendait pas à cela. Il prit ensuite l'autre ruban large et s'en servit comme bâillon, scellant la bouche de la jeune femme. Au moins, il lui serait impossible de poser quoi que ce soit comme question. Pour terminer, avec énormément de douceur, il lui prit les mains, le ruban étroit le plus long et noua celui-ci autour des poignets de son amie. C'était elle qui était tout à fait perdue, à présent. Impossible pour elle de le toucher, de le regarder, de lui parler... La seule chose à faire, c'était de profiter de la sensualité d'Adam, de toutes ces choses qu'elle lui avait apprises, qu'ils avaient découvertes ensemble ou séparément et qui allaient les régaler l'un comme l'autre…

Il commença donc par la faire se lever. Il voulait relever sa robe, regarder ses cuisses et ce petit triangle recouvert de fin duvet sous son nombril. Il voulait y plonger la bouche, la langue… Mais patience. Ils avaient plusieurs heures devant eux. Elle était donc face à lui, les bras au-dessus de la tête, comme en couronne. Elle sentait le souffle d'Adam sur son ventre et ses doigts retenant sa robe. Sa bouche à lui dessinait mille arabesques sur sa poitrine, s'attardant sur les aréoles, léchant, titillant, agaçant les tétons malicieusement. Elle aurait voulu pouvoir lui dire combien c'était délicieux, mais rien d'autre qu'un « mmm » ne fut audible. Ses mains étaient douces, attentionnées, il passait les doigts très légèrement de chaque côté de son buste, comme pour compter les côtes de la jeune femme. Elle sentit ses yeux se remplir de larmes. Après s'être occupé du ventre de Marine, il lui fit baisser les bras : il ne fallait pas qu'elle attrape des crampes... La robe noire retomba le long de son corps et Adam se plaqua derrière elle. Au travers de son jeans, elle sentait son érection. La bouche du jeune homme se glissa dans son cou, puis contre son oreille :

— Tu es bonne, Marine. Je veux te chérir comme tu le mérites.

Elle sentit son cœur faire des bonds dans sa poitrine. Combien elle l'aimait, son Adam. Il n'y avait pas que le désir physique qui les liait, il y avait aussi cette complicité, le fait que chacun soit respectueux de la personnalité profonde de l'autre. Son bas-ventre à lui était donc tout contre les fesses de son amie. Il ondulait très lentement. Elle suivait son mouvement. Ensuite, il passa une de ses mains devant le ventre de la jeune femme pour la maintenir davantage serrée contre lui. Il voulait qu'elle sente combien tout cela l'excitait. Il respirait plus fort, plus profondément. De temps en temps, il frissonnait. Il la savait à sa merci et cela l'échauffait. Il lâcha Marine. Il voulait lui faire une surprise. Promptement, il se défroqua : chemise, jeans et boxer atterrirent à leurs pieds, chaussures et chaussettes de même. Il était nu. Il sentait bon le désir, le plaisir, l'attente, la patience... Il se remit derrière elle. Il bandait vraiment, à présent, très dur. Il releva à nouveau la robe de Marine et l'entoura très intimement de ses bras. Elle sentait son sexe à la limite de ses fesses. L'effet fut immédiat. Elle commença à mouiller et gonfler davantage que dans les minutes précédentes, elle était certaine qu'il allait s'occuper de son plaisir à elle, à nouveau. Elle en était toute fébrile.

— Je vais te détacher les poignets pour pouvoir retirer ta robe, mais je les rattacherai juste après…

Elle était juste vêtue de ses bas, à présent. Et ses mains étaient attachées dans son dos. Il la fit se coucher sur le canapé blanc. Celui-ci était un peu froid. Peut-être souhaitait-elle qu'il mette un plaid sous elle ? Elle hocha la tête affirmativement. Avec d'infinies précautions, il la remit sur ses pieds, jeta une petite couverture cerise sur le canapé et puis la fit reprendre place. Ce n'était pas vraiment confortable pour elle, mais elle était convaincue qu'il faisait pour un mieux. Il saisit ses genoux et les écarta. Son sexe était luisant de cyprine, gorgé, trempé. Cela coulait entre ses cuisses. Il sentit une grande vague de désir le submerger. Quels cadeaux magnifiques ils étaient en train de se faire : elle, si vibrante de désir, et lui, tellement à l'écoute de ses envies.

Il commença de laper sa liqueur, lentement, de petits coups de langue légers. Il aurait voulu la lui faire goûter, mais ce serait pour plus tard. Il s'en bâfrait, d'elle et de son parfum de rose… C'était délicieux, pas capiteux. Quand il eut léché tout ce qu'elle avait sur les cuisses, il remonta lentement jusqu'à son pubis. Il s'attarda sur l'aine gauche, la droite, et puis, contre toute attente, la langue toujours agile, il la laissa s'aventurer à l'extrémité de la fente de Marine. Son clitoris était tremblant, turgescent. Du bout des doigts, il s'en occupa, le flat-tant, le caressant du pouce d'abord lentement, ensuite un peu plus vite et de manière plus appuyée. Elle se cambrait, impuissante. Elle aurait voulu lui demander d'arrêter, pour reprendre souffle et esprit, et le gâter à son tour, mais le bâillon remplissait bien son rôle. Son abricot jutait de plus en plus. Aujourd'hui, il ne la pé-nétrerait pas, du moins, avec son membre : il n'y aurait que des jeux buccaux.

Les titillements durèrent encore quelque temps. Elle était au bord de l'orgasme. Sa tête roulait sur le cous-sin, cerise lui aussi, qu'Adam avait eu la prévenance d'installer sur le canapé blanc. Son corps se tordait, tel un morceau de fer en état de fusion. Elle soupirait. Ses jambes étaient largement écartées et le plaisir lui faisait prendre des positions de plus en plus lascives. Adam était, lui aussi, au septième ciel. Il n'avait jamais imaginé pouvoir la dominer de cette manière, la faire réagir aussi ardemment. Bien sûr, elle ne pouvait pas le toucher ou lui prodiguer quoi que ce soit comme caresse, mais…

Dans un grand sanglot, Marine eut un orgasme, un terrible orgasme. Il partit du bas de son ventre et se répandit dans tout son corps. N'en étant pas encore là, Adam lui détacha le bâillon pour l'entendre hurler son plaisir. Il y avait des mots d'amour, des mercis, des larmes, de ces choses insensées qu'on dit quand on jouit intensément. Il voulait entendre sa voix, si profonde, tellement sensuelle. Il savait qu'il ne serait plus long à venir lui aussi.

Il détacha les poignets de Marine. Elle était trop im-patiente de s'occuper de lui… Pourtant, elle s'appliqua avec lenteur et générosité à le sucer. Son orgasme se précipita. Elle était si habile de sa langue dont elle se servait tendrement, délicatement. Elle aimait le goût de son savoureux et était toujours d'accord pour le satisfaire de cette manière. C'en était trop.

— Je viens, je viens…

Elle continua ses petits va-et-vient, légèrement, juste sur le gland de son ami. Et dans un grognement non retenu, il déchargea dans sa bouche. Longuement, longtemps. Elle jouit à nouveau : c'était prodigieux, tout de même, l'effet que produisait le plaisir d'Adam sur elle.

Ils étaient… repus. Enfin, c'est ce qu'ils imaginèrent… Ils se blottirent dans les bras l'un de l'autre, tout ébahis de ce moment magique. Cela ne dura pas longtemps.

— On va prendre une douche ?

Elle portait toujours ses bas et le ruban pervenche était encore sur ses yeux. Il la prit par la main et la mena à la salle de bain. Il lui ôta bas et ruban et lui fit promettre d'attendre un peu encore avant d'ouvrir les yeux. Dans la douche, il régla la température de l'eau à « très chaud ».

— Tu viens me rejoindre ? Je te donne la main. Voilà. Avance, encore un peu. Fais un grand pas. Maintenant, mets-toi à genoux. Garde les yeux fermés, ça y est presque.

— …

— Ne te saisis pas. C'est très doux, non ? Fais ce qu'il te plaît, maintenant…

Contre ses lèvres, le contact de quelque chose de doux, en effet, d'un peu humide, tiède. Elle ouvrit les yeux. Le gland d'Adam était là, comme offert à ses caresses, ses morsures, peut-être. Pour rester dans le ton, elle évita de laisser ses doigts courir le long de la hampe.

Par contre, sa langue, sa bouche, seraient parfaites pour satisfaire l'appétit du jeune homme qui était revenu tout aussi rapidement. Douceurs, tendresses seraient au rendez-vous. Marine le cajola du bout de la langue, l'enfouit entre ses lèvres, le suçotant, aspirant ce nectar liquide qui commençait à s'exprimer. Son ami avait rejeté la tête en arrière, l'eau chaude coulait sur ses cheveux, ses épaules, le haut de son dos et de son buste et puis, le long de son ventre, de ses cuisses. Le nez et le menton de la jeune femme étaient mouillés de l'eau de la douche. Elle sentait à nouveau le désir d'Adam prendre de plus en plus de place dans sa bouche. Elle apprécia le membre nervuré, le parcourant voluptueusement, avec application. Il frissonnait, tremblait, des petits grognements qu'il était bien incapable de retenir sortaient de sa bouche. Il souriait, comme ces enfants dans leur sommeil, pris dans un songe très doux et très agréable.

Il ne tarda pas à éjaculer à nouveau. Elle se dit qu'elle avait « rempli sa part du contrat », même s'il ne s'agissait pas de cela entre eux. Ils s'apportaient autant l'un à l'autre. Parfois, Marine dévergondait son ami en lui faisant découvrir une nouvelle technique amoureuse. D'autres fois, c'était Adam qui innovait un préliminaire original et soft. C'était toujours délicieux. Retenu. Délicat. Ils jouaient de leurs sensations. Ils aimaient cela. Cela les amusait, les révélait l'un à l'autre, mais aussi à eux-mêmes.

En riant comme des enfants, ils sortirent de la douche, se séchèrent vigoureusement et, s'enveloppant de serviettes éponges moelleuses, ils regagnèrent le salon. Il y faisait doux.

Sur la table basse, entre les deux verres qu'Adam avait servis et qui étaient toujours remplis, le petit sachet de la mercerie gisait, pratiquement vide. Le jeune homme n'y fit pas attention, mais Marine avait remarqué le dernier ruban inutilisé…

5
Le Rideau Rouge

Mi-mars 2018

C'est donc le 18 mars qu'ils se mirent en route pour Le Rideau Rouge. C'était une salle très cosy. Avec des fauteuils, quelques tables avec des chaises, un piano quart queue qui trônait et… évidemment, de grands rideaux rouges en fond de scène. Un chouette endroit, chic, ouvert aux artistes débutants ou plus confirmés qui avaient surtout besoin de confort, autant du côté du public qui réservait un accueil tout à fait indulgent aux musiciens faisant leurs débuts sur les planches que du côté de ceux qui se produisaient là : les conditions de sonorisation étant fort soignées.

Marine et Adam furent accueillis par Simon. Celui-ci leur avait réservé une table un peu en retrait… Oui, bien sûr, il avait reconnu le jeune homme. Adam était d'un tempérament discret, ne posant pas de questions au cours ni dans la vraie vie non plus, d'ailleurs. Mais à l'école, déjà, il faisait une certaine impression par son niveau de professionnalisme et son art à emballer ses enregistrements d'une manière toute personnelle très imaginative. Marine, quant à elle, était subjuguée par le personnage de Simon : quelle allure, quelle prestance, et surtout, quel sourire. Il y avait tant de chaleur qui émanait de lui qu'elle s'était sentie tout de suite en confiance. Il était manifestement davantage de sa génération qu'Adam. Mais cela n'était pas « le » critère que retenait Marine pour une relation harmonieuse et réussie d'emblée. Plutôt une reconnaissance des âmes et des corps. Et avec Adam, c'est ce qu'elle éprouvait. Avec Simon, cela prendrait plutôt l'aspect d'une reconnaissance du cœur et de l'esprit…

Le concert débuta donc : l'homme dit quelques mots de présentation qui ressemblèrent à ce dont il avait parlé dans l'émission, et puis Apolline fit son entrée. Un tabouret pas trop haut, juste deux petits spots dirigés vers son visage. Elle prit place sur le siège, croisa les pieds et les coinça sous un des barreaux qui reliaient les pieds du tabouret entre eux. Elle régla le micro pour son instrument et puis celui pour sa bouche, fredonna un petit « mmmmmhhhh » en frôlant les cordes de sa guitare. Elle était prête. Les bruits de la salle s'étaient tus, l'assistance était suspendue à sa voix et à ses doigts.

Les affres de l'amour, l'attente, les espoirs déçus, les cœurs brisés, l'amertume. Tout tenait en ces mots. Ceux de Musset, de Vivien, de Ronsard — encore, de Cros et pour terminer… quelque chose de tout à fait délicieux : un texte d'Esther Granek parlant de séduction, de débuts maîtrisés, de fil. Cela faisait penser à une chanson explorant les pièges de l'amour, les stratagèmes de filet, de toile d'araignée… C'était imagé comme peuvent l'être des sentiments difficiles à déterminer et pourtant très profonds. Cela plut énormément à Marine. Elle retrouvait les craintes d'une relation trop vite avortée, les questions que l'on se pose quand on est bien, mais qu'on a peur que tout ce bonheur ne soit qu'un songe très agréable. Quant à Adam, nul ne saurait certainement s'il avait aimé ou pas, s'il avait ressenti quoi que ce soit comme émotion. C'était son jardin secret. Dans le fond de son cœur, Marine songea que le vocabulaire émotionnel d'Adam n'était pas assez fourni pour qu'il puisse exprimer vraiment ce qu'il ressentait avec des mots.

Après le concert, intime, total enveloppement des âmes, Simon et Apolline rejoignirent Marine et Adam. Ils prirent un verre ensemble. Simon était curieux de savoir ce que le couple avait pensé de sa protégée. Bien sûr, les commentaires de la jeune femme furent éloquents. De nature vive, spontanée, elle était toujours heureuse de communiquer son enthousiasme. Simon était comme elle. Leurs yeux brillaient d'excitation. Ils étaient heureux de partager leurs impressions. Simon se trouvait conforté dans son rôle de mentor. Par contre, Apolline et Adam se ressemblaient davantage : de la retenue, du self-control, et toujours de la mesure. C'était de l'humilité, le manque de confiance en eux qui provoquaient cette attitude qui, au demeurant, n'était pas réellement gênante. S'ils s'étaient extasiés sur leurs talents personnels, cela aurait paru bien présomptueux et très arrogant de leur part.

De fil en aiguille, Simon expliqua comment il avait découvert Apolline. Il parla de la scène ouverte à laquelle il avait assisté comme spectateur et de l'effet qu'avait eu la jeune fille sur lui. Il la reconnaissait : comment une jeune fille aussi « pâle » comptait-elle réussir des études de théâtre au sein de l'école où il enseignait ? Et puis, elle avait commencé de chanter et un réel magnétisme s'était installé entre elle et le maigre public. C'était depuis ce jour qu'il l'avait prise sous son aile. Il était heureux que, grâce à lui, elle puisse s'épanouir sans avoir à courir les contrats, chercher des endroits de concert, un mécène, un agent artistique : il s'occupait de tout. C'était lui aussi qui, à présent, lui conseillait tel ou tel texte. Et lui, ensuite, qui écoutait comment elle en prenait possession musicalement. Il n'avait jamais été déçu. Elle avait un réel talent pour mélanger avec discernement les mots légers et la guitare un peu aigre ou parfois, au contraire, le texte plus profond et l'accompagnement vaporeux et aérien.

De temps en temps, Simon jetait un regard quelque peu amusé à Marine. Il appréciait cette manière enflammée de parler, ses sourires et les regards enamourés qu'elle jetait à Adam qui, visiblement, était « sa chasse gardée » et qui lui ressemblait si peu. Étrange, tout de même, cette relation. Adam, quant à lui, regardait Apolline. Elle avait l'air d'un petit oiseau tombé du nid, fragile, tellement peu sûre d'elle. Elle portait à nouveau un pull ample, un jeans slim, des boots et un foulard noué dans les cheveux, émeraude, cette fois. Tout commençait quand elle ouvrait la bouche : elle prenait une consistance dont on n'aurait pas soupçonné l'intensité. C'était magique.

Adam semblait conquis. Même s'il ne disait pas grand-chose, son attitude respectueuse et positive inspira tout à coup Simon.

— Et pourquoi ne deviendrais-tu pas l'ingé-son attitré d'Apolline ? Pour le moment, les programmateurs ne se pressent pas au portillon, mais dans quelque temps… Je suis certain que bien entourée, elle va cartonner… Il suffit que je puisse la faire jouer avec untel ou untel autre, assurer les premières parties… Tu en dis quoi ?

Le jeune homme souriait, ses yeux vert écume brillaient. Il imaginait déjà la manière dont il prendrait possession de cette voix et du son feutré de sa guitare pour en faire un vrai bijou. Il était heureux. C'est ce genre de projet qui l'emballait. Pas « modeler un artiste », mais plutôt faire briller de mille feux chaque facette d'un diamant brut, lui donner l'éclat, le révéler à lui-même. Il y parviendrait, il en était sûr. Apolline avait tellement de potentiel.

Ils promirent de se revoir rapidement. Cela concernerait Adam, Apolline et surtout Simon, qui apporterait la touche finale au travail des deux premiers. Il avait une oreille très sûre et pas mal d'exigences. S'il fallait « rectifier le tir », il n'hésiterait pas. Il avait assez de tact pour faire part de ses idées avec respect et gentillesse.

Marine et Adam reprirent le chemin du retour le cœur battant… Les draps frais de Marine les attendaient. Entre soupirs et tendresse, ils firent l'amour et s'endormirent enlacés. Marine se laissa envelopper par Adam qui lui susurrait des mots doux comme il en avait l'habitude, la berçant et lui prodiguant mille caresses. Combien elle aimait la manière dont il s'occupait d'elle. Le fait d'avoir été remarqué et choisi pour sonoriser la protégée de Simon le rendait un peu euphorique. Il débordait d'idées qu'il se garda bien de mentionner à Marine. Il voulait lui laisser la surprise de quelque chose d'original, de bien conçu, d'imaginatif et de bien exécuté. Il était très exigeant avec lui-même.

Quelques semaines plus tard, ce fut Simon qui entra en contact avec Adam. Serait-il libre pour une journée entière de travail aux environs des vacances de printemps ? Vérifiant rapidement son agenda, le jeune homme répondit par l'affirmative. Rendez-vous fut donc pris le 1er avril. Simon avait l'opportunité de « tester le set » d'Apolline sur la scène d'un centre culturel et il voulait profiter de la présence d'Adam pour… se rendre compte de ce que cela donnerait en *live*, dans une vraie salle, ayant une acoustique étudiée pour les concerts de ce type.

Ils se retrouvèrent donc tous les trois devant l'entrée de l'endroit. C'était un vieux bâtiment rénové. Un long et large couloir, l'accueil, le foyer et la salle… Une table de mixage pouvait gérer trente-deux pistes, quelque chose dont Apolline n'avait pas besoin, mais cela permettait de rendre un résultat sonore pointu. C'est ce qu'Adam appréciait. Il plaça des micros de manière à ce que le son de la guitare soit mis en valeur : pas agressif, percutant, non, juste bien rond. De même pour la voix : un Neumann qui rendrait ce qui sortirait de sa bouche cristallin et velouté. Bon Dieu, comme il avait réfléchi à ce qui mettrait le mieux l'organe de la chanteuse en valeur…

La répétition commença et ne s'arrêta que quand Apolline eut chanté tout son set. Aucune reprise… Simon était cloué à son siège, juste sous la console. Du début à la fin, cela s'était déroulé de manière parfaite. Le souci de précision d'Adam servait magnifiquement la prestation de la jeune fille. Celle-ci, se sentant bien dans ce son qui l'enveloppait, leur avait donné un concert privé les yeux mi-clos, comme pour se gaver de ce qu'elle entendait. La magie était présente. Elle se goinfrait des harmoniques, de l'infime *delay* appliqué à sa voix et qui lui donnait l'impression que celle-ci pénétrait de manière très insistante, mais jamais perturbante, au plus profond de son être. Il faudrait absolument qu'Adam puisse appliquer le même effet en *live* pour que les auditeurs ressentent la même chose. C'était grisant de volupté… Simon et Apolline en avaient les larmes aux yeux. Combien le prochain concert serait réussi…

Il eut lieu à la fin du mois d'avril dans cette même salle. Apolline R. assurait la première partie d'un groupe de chanson française plus rock que pop. Elle jouerait une bonne demi-heure. Il avait fallu faire une sélection parmi les titres. Simon et elle en avaient retenu cinq. Adam en suggéra deux autres. Ils se mirent d'accord pour l'un d'entre eux : une ballade douce qui termi-nerait le set. Pas de rappel. Inutile de faire attendre le public qui serait là surtout pour écouter le groupe qui suivait. Un petit relooking d'Apolline s'imposait. Il au-rait été malvenu qu'à nouveau, elle arrive emmitouflée dans un pull beaucoup trop large pour elle et chaussée de boots qui donnaient à sa silhouette un aspect étrange d'ado mal dans sa peau. Quand Marine eut terminé de maquiller et d'habiller la chanteuse et que celle-ci ap-parut à Simon et à Adam, ceux-ci restèrent médusés. Elle était plus fine que l'animatrice radio et un peu plus élancée. Elle portait un pantalon noir ajusté à la taille et aux fesses, mais plus évasé aux jambes ainsi qu'un haut bordeaux aux manches très amples et aux poignets serrés. Toujours un foulard noué dans les cheveux, dans les tons lie-de-vin et rouge. De grandes créoles aux oreilles, un maquillage subtil pour mettre en valeur les yeux de la jeune fille. Des chaussures plates : il ne fallait pas qu'elle soit mal à l'aise en venant s'installer sur scène.

Les spectateurs commencèrent d'entrer dans la salle. Agathe rejoignit Marine. John et Tom, deux des membres du groupe dont Adam faisait partie, arrivèrent ensuite. Ils prirent place ensemble à peu près au centre des fauteuils en papotant joyeusement. Marine avait fait les présentations puisqu'elle était la seule à connaître les trois autres. Les lumières s'éteignirent. Simon était dans la coulisse. Il rejoindrait un siège dès le début de la prestation d'Apolline. Il serait plutôt à gauche, à la deuxième rangée. Cela lui permettrait à elle de le voir facilement, de se sentir rassurée… Adam était déjà en place, derrière sa console.

Elle entra en scène comme une petite souris. Elle n'avait pas l'habitude d'être « le clou du spectacle ». Bien sûr, ses études de théâtre auraient dû l'aguerrir en quelque sorte, mais elle savait qu'il lui faudrait encore du temps, et d'autres concerts, pour être vraiment à l'aise, pour se faire confiance, pour ne plus avoir peur de se mettre en danger… Simplement qu'elle se laisse porter par ses émotions, se love dans le « beau son » qu'Adam lui offrirait et rien que cela l'apaisait déjà. Elle prit place sur son tabouret, un petit « mmmmhhhhh » fredonné et un accord arpégé. Elle était prête. Les six chansons passèrent en un clin d'œil, du moins, c'est l'impression que cela donna. Le public, même s'il était majoritairement venu pour la suite, appréciait ce qui lui était donné d'entendre. Il y avait bien quelques étudiants de sa classe, mais pas énormément d'autres gens venus spécialement pour elle. Le fort de cette soirée, c'était qu'elle puisse séduire aussi le reste de l'assistance. Et c'est ce qui se passa…

Simon, le visage tourné vers Adam à la fin du concert, était rayonnant. Il souriait à s'en décrocher la mâchoire et applaudissait à tout rompre. Les joues de Marine étaient roses de plaisir : ce mélange, cette fusion entre le travail d'Adam et celui d'Apolline étaient une vraie réussite. Agathe se félicitait d'avoir invité Apolline et Simon à son émission : elle parlerait de ce concert, de l'émotion qu'il avait soulevée dans un de ses prochains *Frissons noctambules*. Quant à John et Tom, ils reconnaissaient sans conteste la qualité de ce qu'Adam avait fait ce soir. Après un verre au foyer, ils se séparèrent tous les six, le cœur rempli de plaisirs, mais si léger…

Marine et Adam regagnèrent la petite voiture grise et rejoignirent l'appartement de Marine. Elle ne parla pratiquement pas durant le trajet. Les émotions étaient trop prégnantes. Cette voix, ces mots, elle qui les aimait tant, la manière dont la musique avait servi le texte, tout cela lui procurait un sentiment d'accomplissement parfait. Et puis, la manière dont Adam avait géré tout cela, la sonorisation, les effets délicats, la mise en valeur de tel moment sans jamais desservir le chant ou l'instrument. C'était vraiment du grand art. Comme elle était fière de son Adam, son savoureux… À nouveau, au creux des draps, ils se blottirent l'un

contre l'autre. Leur vie était douce, tranquille, inatten-
due et simple. Ils étaient bien dans les silences d'Adam
et dans le fourmillement de ses idées sonores. Ils s'aimaient et étaient heureux de partager leur sensibilité
comme en sourdine : elle explosait dans leur cœur et
leur corps et c'était ce qui comptait, non ?

6

Le dernier ruban

Fin avril 2018

Il restait donc… quelques centimètres du ruban bleu pervenche dans le petit sachet en papier de la mercerie. À quoi son ami avait-il pensé en achetant ce dernier morceau ? Elle était loin d'imaginer que c'était la mercière qui avait joint ce ruban aux trois autres. Et pourtant, comme elle, Marine n'eut aucun doute sur l'usage qu'elle pourrait en faire.

Les projets que nourrissait Marine depuis quelque temps, c'était un vrai dépucelage… Elle savait qu'Adam était totalement ignorant en matière de sodomie. Elle voulait l'initier à ce plaisir encore peu répandu chez les messieurs, si ce n'est dans le milieu homo. Elle ne maîtrisait pas vraiment le sujet. Ce serait l'occasion d'apprendre à deux et d'y trouver du plaisir conjointement. Elle était juste un peu anxieuse de l'accueil que son partenaire lui réserverait : de la curiosité ? De la méfiance ? Du dégoût ? Elle amènerait les choses en douceur et le connaissant, il serait tout de même avide de nouvelles expériences…

Un soir, après avoir dîné, ils décidèrent de se mettre à l'aise devant un bon film. Marine partit se changer pendant qu'Adam prenait une douche. Ce dont il ne se doutait pas, c'est qu'elle le rejoindrait en catimini. Il était donc sous l'eau chaude quand elle entra dans la salle de bain telle une petite souris. Il lui tournait le dos, se shampouinant la tête. Il avait les yeux fermés : il aimait laisser couler l'eau sur son corps… Elle attendit un peu, admirant ses épaules larges, ses bras un peu musclés, ses fesses… Mmm : elle aurait pu en parler des heures. Elles étaient adorables, fermes, rondes. Il avait écarté un peu les cuisses pour être plus stable sur ses jolies jambes. Silencieusement, elle ouvrit la porte de la douche. Elle était nue et se colla tout de suite au corps du jeune homme, comme pour faire correspondre chaque centimètre carré du sien à chaque petit morceau de peau d'Adam. Il sursauta, surpris. Elle savait qu'il aimait être savonné. Cela n'arrivait pas souvent qu'ils prennent leur douche ensemble. En général, quand ils se retrouvaient dans la salle de bain, c'était pour d'autres jeux, mais pas vraiment pour se laver…

Marine prit donc un peu de gel douche au creux de la main gauche et commença à le faire mousser sur le dos de son ami. Elle lui demanda, comme à un enfant, de lever les bras l'un après l'autre pour lui laver les aisselles. Il n'était pas fort poilu. Juste un duvet châtain, de la même couleur que ses cheveux. Très doux. Elle lui lava un bras, puis l'autre, et toujours derrière lui, saisit ses tétons un peu durs. Elle s'amusa à les agacer quelques secondes puis, ayant repris du gel douche, se concentra sur le ventre, le nombril, les aines et le haut des cuisses du jeune homme. Elle voulait à tout prix éviter son sexe pour s'en occuper après, « dignement ». Malgré ce manque de contact, Adam sentait l'excitation monter lentement. Son ventre était blanc de mousse, de même que ses jambes. Elle s'interrompit pour regarder l'eau couler sur lui et le rincer au fur et à mesure, dessinant des petits ruisseaux blanchâtres. Ce qu'elle aimait aussi, mais ce serait pour plus tard, c'était passer un doigt léger entre les fesses de son amant. Elle sentait toujours comme une petite résistance, mais cette fois, elle s'arrangerait pour que ce soit différent.

Cette toilette minutieuse se termina dans les rires. Adam avait fermé le robinet et s'ébrouait tel un jeune chiot. Elle tentait d'éviter les gouttes qui fuyaient de sa chevelure et quand il s'approchait d'elle, au risque de la mouiller, elle lui donnait des petites claques sur les bras, du dos de la main. Elle n'aurait jamais osé le frapper ailleurs.

Ils s'enveloppèrent l'un l'autre de grandes serviettes éponges et décidèrent de changer de plan. Maintenant qu'ils étaient propres et parfumés, le lit de Marine les attendait, tout aussi propre et parfumé qu'eux. Celle-ci avait eu la bonne idée d'allumer le radiateur de sa chambre. Aussi, c'est nus comme des vers qu'ils prirent place sur le lit. La jeune femme avait préparé d'autres choses pour la suite de la soirée. D'abord, un flacon de gel lubrifiant à la cerise, ensuite, une serviette éponge… bleue, et pour terminer, le petit sachet de papier contenant le ruban bleu étroit, celui qui restait après leur soirée de jeux coquins.

Ils commencèrent par s'embrasser, avec énormément de tendresse, mêlant leurs langues, leurs souffles. Entre les baisers, il lui parlait de ce dont il avait envie… rien de très original, en fait. Et puis, ce fut son tour. Elle n'y alla pas par quatre chemins.

— On se mélange ?

— De quelle manière ?

— T'es OK pour qu'on essaie quelque chose de neuf ?

— Pourquoi pas…

Elle avait les yeux brillants d'envie. Alors, il accepta. Il savait très bien que sa préoccupation à elle, c'était qu'il se sente bien, qu'il en prenne plein les mirettes de son corps, qu'il frise l'overdose du plaisir. Il aurait été idiot de refuser.

— Reste couché. Surtout, ne bouge pas. Ce que je te promets, c'est juste… du bon.

Elle étala la serviette éponge sur le lit fermé, prit le ruban bleu pervenche dans le petit sachet de papier et le flacon de gel lubrifiant et les déposa sur la couette à portée de main. Tendrement, elle lui fit prendre une position confortable. Il s'allongea sur le flanc gauche. Elle lui écarta un peu les jambes, relevant la droite de manière à ce que la raie des fesses du jeune homme lui soit bien offerte. Ensuite, elle commença de passer l'index de la main gauche depuis le bas de son dos jusqu'à…

— Mmm…

Les fesses d'Adam se contractaient et se relâchaient en mouvements involontaires. Il avait les yeux fermés et n'osait pas faire le moindre geste. Son bassin s'animait. La jeune femme continuait ses petits allers-retours entre les globes de son partenaire. Insensiblement, celui-ci poussait son postérieur vers elle, dégageant son anus comme pour l'inviter à le cajoler. C'était très certainement fortuit, mais l'excitation du jeune homme et ce joli cul tout offert à elle… cela lui plaisait énormément.

— Ne te saisis pas…

Elle le fit se coucher sur le ventre et saisit entre ses mains fines les fesses adorables de son ami et les écarta vraiment. Puis, elle se pencha et très délicatement, après avoir pris une grande inspiration, souffla sur son petit trou. La réaction fut immédiate : la rosette d'Adam se contracta et son bassin se souleva vraiment. Ensuite, il redescendit, effectuant une pression plus forte contre la couette et faisant correspondre le sexe du jeune homme plus intimement avec le tissu de l'édredon. Il ronronnait :

— Continue, ma Bleue... Bordel, c'est booooonnnnn...

Entre inspirations et expirations, les sensations étaient délicieuses. Et Adam en profitait. C'était manifeste. Des « mmm », des « encore, bordel », on en vint à « mets-moi un doigt »...

Il n'était pas encore assez dilaté. La croupe du jeune homme était à présent tendue vers son visage. Marine commença donc par se servir de sa langue avec énormément d'application, de tendresse. Elle introduisait celle-ci d'abord entre ses fesses, puis à la limite de son anus. Ensuite, elle prit un peu de sa salive sur son doigt et fit entrer celui-ci vraiment dans le cul de son ami...

Sans lui laisser le temps de reprendre ses esprits et pour faciliter davantage l'intromission, elle se servit du gel lubrifiant. Elle recommença la manœuvre : d'abord, cajoler la raie, puis, se diriger ostensiblement vers l'anus d'Adam et ensuite, enfoncer ce doigt et lui faire effectuer des allers-retours, entrant et sortant pas trop profondément, mais de plus en plus vite.

Adam en perdait le souffle. Entre ses grognements de plus en plus distincts et ses mots incompréhensibles, Marine comprit qu'il allait bientôt jouir. Elle lui demanda de se retourner sur le dos. Elle regardait ce duvet châtain qui, partant de son nombril, se dirigeait vers son pubis en s'étoffant et puis marquait l'intérieur de ses cuisses. Combien il était délicieux à contempler… Mais, on n'en était pas là.

Prenant le dernier ruban bleu pervenche, elle le noua un peu serré à la base du sexe de son ami en semi-érection. Cela n'avait rien de fétichiste. C'était juste un moyen d'accentuer l'effet de compression de son membre. Il rejeta la tête en arrière en grommelant :

— Tu es une diablesse, Bleue…

Elle voulait s'occuper de tout à la fois : sa hampe, à présent gonflée par le désir, et son anus, dilaté et trempé de gel. Bouche et doigts. Sentir la queue de son ami grossir davantage et sa rosette s'ouvrir et ensuite se relâcher… Le plaisir d'Adam ne fut plus long à venir. Cela la mena elle aussi au paroxysme de la jouissance… Cris mêlés : qui de nous deux serait le plus bruyant ?

Marine avait retiré son doigt du petit trou d'Adam et se masturbait à présent de manière frénétique. Son souffle s'accélérait, transformant ses soupirs en cris de plus en plus rauques et soutenus. Elle continuait de le sucer, l'aspirer goulûment, comme si sa vie, leur vie en dépendait. Ils attendaient l'explosion. La vraie explosion. Celle qui fait dire des choses crues, fortes, vulgaires, violentes. De celles qui sortent des tripes. De celles qui expriment le fond de l'âme, les pensées secrètes, troubles, parfois. Mais de celles qui sont toujours sincères…

— Je t'aime, Adam…

— Je t'aime, Marine, baise-moi…

Leur orgasme fut, comme très souvent, magique, intense. Long. Leurs corps se tendaient, comme libérés d'un plaisir inouï. Il déchargea dans sa bouche. Elle avait envie de le manger tout entier et lui murmura entre les larmes qu'il était un amant magnifique. C'était vraiment « son parfait ».

Et puis, mollement, sans plus aucune résistance, délicieuse et savoureux, étrangement las, ils se remirent côte à côte sur la couette en regardant l'ampleur du désastre… Le lit était défait, le petit flacon de gel, mal refermé, avait coulé sur la couette, le ruban bleu pendait à présent entre les jambes d'Adam. Quant à la serviette éponge, le jeune homme s'en servit pour nettoyer le sperme qui avait coulé de la bouche de Marine et le gel qu'il sentait encore entre ses fesses.

Une vraie diablesse… mais tellement adorable. Il lui devait une surprise délicieuse et à la hauteur de la perversité de la jeune femme.

7
Marine book-in

Mai et juin 2018

Béa : *Hello ! Tu vas bien ? Quelque chose de prévu dans ton agenda le 6 mai ? Un petit concert sympa ?*

Adam contemplait le SMS qui venait de lui parvenir, un petit sourire aux lèvres. Comme une bouffée de plaisirs, il se rappela cette nuit d'il y a quelques mois. C'était après un concert. Peu de temps auparavant, il avait fait la connaissance de Béa et de Téo. Eux aussi, ils étaient amateurs de jazz et de musiques un peu décalées : pas trop connues, ou alors, réservées à des oreilles aguerries, aux sons rêches, aigres, aux voix traînantes et sensuelles… Comme ce concert se déroulait loin, ils avaient pris deux chambres pour ne pas avoir à se remettre en route de nuit.

Téo nourrissait clairement le projet de pouvoir regarder sa compagne dans les bras d'un autre homme. Leur choix, très conscient pour l'homme, mais beaucoup moins clair pour Béa, s'était porté sur Adam. Cependant, il s'était vite avéré que celui-ci aurait du mal à « assurer » niveau sexe. Son manque d'expérience ne faciliterait pas les choses même si, à présent, au contact de Marine, il s'était révélé très prometteur… Téo s'était donc contenté de regarder sa compagne contre quelqu'un qui était visiblement inexpérimenté. Il y avait eu quelques baisers, quelques gloussements pour

Béa, quelques excitations de part et d'autre, mais les choses en étaient restées là. Se sentant vraiment attirée par Adam, la jeune femme aurait souhaité plus que tout le retrouver pour l'initier, mais l'occasion ne s'était pas représentée et là, à présent, la place était occupée par Marine. Adam se demandait si cette dernière…

— Alors, comme ça, vous avez failli vous exhiber devant ce gars, sa femme et toi ?

Marine regardait Adam. Elle n'en revenait pas : oui, elle connaissait son goût pour le plaisir, oui, elle savait qu'il n'était pas trop expérimenté et qu'une occasion pareille « ça ne se refuse pas ». Mais tout de même… Elle n'était pas fâchée du tout, ni choquée, ni même malheureuse ou jalouse. Il était assez grand, dans le fond, pour mener sa barque sans elle. De plus, c'était arrivé avant qu'ils ne passent cette nuit, mmm, savoureuse. Il n'avait rien à se reprocher. Il ne lui en avait juste pas parlé. Et de cela, elle ne pouvait le blâmer. Elle non plus ne lui avait pas parlé d'Arthur et de Jean. Avec l'un comme avec l'autre, cela avait démarré dans le virtuel : Arthur était un des premiers auditeurs qui lui avait envoyé un commentaire troublé au sujet de sa voix. Entre eux, il n'y avait eu qu'échange de photos, de vidéos et d'enregistrements de « lectures privées ». Avec Jean, cela avait été différent : ils s'étaient rencontrés, Marine et lui, au salon de la littérature érotique après avoir chatté ensemble de manière plutôt chaude et puis s'étaient retrouvés à Paris, quelques semaines plus tard. Ils étaient passés au réel avec fougue. Maintenant, ses échanges avec eux avaient ralenti, pratiquement disparu. Son Adam la comblait et il aurait été triste qu'elle s'attache de manière acharnée aux plaisirs virtuels avec un homme qu'elle ne verrait jamais et un autre qui, dans le fond, n'avait pas envie que les choses durent… de cette manière.

Elle en était arrivée là dans ses réflexions quand Adam lui demanda :

— On est libres, le 6 mai ?

— C'est quoi comme jour, ça ?

— Un dimanche…

— Pour moi, c'est OK, mais on y va ensemble. C'est d'accord pour toi ?

— Mais bien sûr, ma Bleue. Permets-moi tout de même de dire à Béa que j'accepte l'invitation et que je ne serai pas seul.

— Ils sont comment, ces… « gens », au fait ?

— À peu près ton âge, je pense. Lui, il est photographe. Elle, je ne sais pas trop. Un joli brin de femme. Elle te ressemble, d'ailleurs, physiquement, mais elle a plus le type méditerranéen que toi. Ils sont très sympas. Mais bon, maintenant qu'on est en couple toi et moi, ce sera peut-être différent…

— Tu veux dire quoi, là ?

— Eh bien, avant, le gars, il me jetait sa femme entre les pattes. Et elle, elle ne demandait pas mieux, ça, je peux te le garantir. À présent… Et puis, j'ai mon avis à donner aussi, quoi : j'ai pas envie de te partager. Et servir de… enfin, tu vois…

Adam semblait un peu empêtré dans ses explications. Mais oui, Marine comprenait. Il aurait pu prendre son pied, certes, mais les choses avaient été programmées, arrangées par Téo. Et dans le fond, de se sentir manipulé, ça l'avait mis mal à l'aise, mine de rien. D'un autre côté, un concert, c'était sans danger si on s'en tenait à ça.

Il répondit donc à Béa :

Adam : *Vous pouvez compter sur moi, mais je ne viendrai pas seul. À bientôt.*

Béa avait donc acheté quatre entrées. C'était un concert assis et les places n'étaient pas numérotées. Il ne fallait pas traîner si on voulait être bien installé.

Arriva donc le 6 mai. Température douce. Rendez-vous devant la porte principale du bâtiment où avait lieu le concert. Téo était muni de son attirail léger de photographe. Il ne savait pas s'il lui serait permis de l'utiliser. De toute façon, il ne comptait pas sur un quelconque rapprochement entre Adam et sa compagne. Il n'aurait pas besoin de les laisser seuls. Et puis, il était intrigué par cette jeune femme qui avait ravi le cœur de celui qui… il y avait quelques mois… Quand il la vit, il comprit. Elle ressemblait à Béa. Certes, ses cheveux étaient un peu plus clairs, ses courbes un peu moins généreuses, mais sa manière de bouger, vive, spontanée, et surtout l'éclat qui brillait dans ses yeux… Oui, Marine et Béa auraient pu passer pour des sœurs. Les jeunes femmes portaient toutes deux des jupes courtes, des hauts un peu cintrés et des chaussures plates. Adam et lui avaient choisi une tenue relax : jeans, chemise et baskets. Ils entrèrent dans l'endroit sans se presser. Téo dut malheureusement laisser son sac photo à l'accueil. Ils prirent place dans les fauteuils confortables, de gauche à droite : Adam, Marine, Béa et lui. Tout semblait parfait.

Et le concert le fut aussi... Il y avait du moelleux dans la voix de la chanteuse, un souci certain au niveau des arrangements instrumentaux. Elle avait de la présence, même si, quand elle était arrivée sur scène, ils s'étaient dit qu'un « petit gabarit comme ça » aurait bien du mal à occuper l'espace... Elle était accompagnée de trois musiciens : un multi-instrumentiste combinant le jeu de claviers et de batterie et deux autres comparses alternant piano et percus. Pour certains morceaux, elle empoignait sa flûte traversière... et ce qui en sortait était magique. Adam admira l'équilibre sonore et Téo celui des éclairages. C'est très animés qu'ils quittèrent l'endroit. Cela leur fit un sacré effet, cette profusion de sensations : velours de la voix, expression intime mais universelle des mots.

Marine avait un projet, mais comme il s'agissait d'une surprise pour Adam, elle n'en souffla mot tant qu'ils étaient tous les quatre... Béa avait laissé son numéro de portable à la jeune femme. Aussi, moins de deux semaines après le concert, la première reçut un SMS :

Marine : *Je voudrais faire un cadeau à Adam. Tu peux m'aider ? Si tu veux, je t'appelle.*

La réponse ne fut pas longue à arriver :

Béa : *D'ici dix minutes, ça marche ?*

Ce que Marine avait en tête, c'était offrir un book avec des prises d'elle que Téo aurait faites. Des photos-boudoir... Elle n'avait pas l'habitude des photos, n'était pas une enragée d'Instagram, et pour ce qui était de se dévêtir devant un « étranger », n'en parlons pas. Elle connaissait pourtant l'effet qu'elle faisait à son amant.

Et se dit que si les photos étaient de qualité et elle, dé-sinhibée, cela ne pourrait qu'être réussi. C'est ce qu'elle expliqua à Béa. Celle-ci était un peu envieuse : elle se souvenait de ce moment si particulier qu'elle avait partagé avec Adam. Oui, il était attirant. Oui, elle aurait voulu l'initier. Elle avait été étonnée de son manque d'expérience et si l'occasion s'était présentée, elle aurait pallié la chose… Mais voilà : le jeune homme était à présent avec Marine. Elle avait bien vu les regards dont il l'enveloppait et elle avait senti comme un petit pince-ment au creux du ventre.

Le shooting-boudoir, c'était une tendance assez récente. Téo ne s'y était jamais frotté, mais comme sa technique photographique était sûre, cela devait pou-voir être possible. Béa et lui avaient tout de même un peu de craintes en ce qui concernait le fait que Marine puisse se lâcher… Elle avait l'air bien gentille, mais pas vraiment délurée. Ils ne connaissaient pas la manière dont Adam et elle s'étaient rencontrés et dans leur es-prit, si les choses paraissaient harmonieuses entre eux, c'est parce qu'ils étaient aussi novices l'un que l'autre malgré l'âge de la première et la soif de sexe du second. Ils n'avaient aucune idée des occupations du couple, de ces initiations que Marine proposait à son amant et de la boulimie de celui-ci face aux nouvelles connais-sances et à ces apprentissages !

Secret fut tout de même bien gardé. Téo et Béa ac-cueilleraient la jeune femme pour un week-end et les choses auraient lieu à ce moment-là. Téo devait faire des recherches précises en fonction de ce que Marine souhaitait. Ils auraient l'occasion d'en discuter durant la soirée qui précéderait le shooting. Puis, le lendemain, ils s'attelleraient à la tâche. Que la jeune femme mette dans sa valise des dessous sexy si elle en avait, éventuellement des jouets. On verrait s'il y avait lieu d'en faire usage. Elle n'en parlerait pas à Adam. Et comme celui-ci bossait du vendredi soir au dimanche soir, il n'était pas censé passer du temps avec elle. Peut-être essaierait-il de prendre contact par téléphone, mais ce serait tout.

La température s'était réchauffée. On était en juin. Le soleil se couchait tard : on était toujours dans ces jours qui s'allongent… Le couple accueillit donc Marine le vendredi soir. Ils dînèrent et puis passèrent à ce qui les intéressait. Téo avait fouiné sur Internet, il adorait cela, et avait glané un tas d'adresses de sites sur lesquels ils trouveraient de quoi se mettre sous la dent. C'était des photos de tous les styles : audacieuses, moins osées, coquines, plus ingénues. Il présenta un maximum de choix à Marine. Que souhaitait-elle ? Que trouvait-elle beau ? Comment imaginait-elle se mettre en scène ? À plusieurs reprises, le photographe vit briller des petites lueurs d'excitation et de trouble dans les yeux du futur modèle. Béa semblait s'amuser beaucoup, elle aussi. Elle éprouvait une certaine tendresse pour Marine et se porta même volontaire pour la « dérider », comme elle disait, rêvant secrètement que si elle apparaissait sur certaines photos, mais juste en pièces détachées, cela raviverait les souvenirs d'Adam et que celui-ci… Enfin, elle ne savait pas trop, mais elle laissa l'idée germer…

Après un petit déjeuner léger, Béa et Marine rejoignirent Téo. Celui-ci avait déjà monté ses éclairages, installé son «studio portatif» et n'attendait plus qu'elles! Les jeunes femmes étaient habillées pratiquement pareil. Il fallait commencer par des photos pas trop dévêtues. Elles portaient à nouveau des jupes courtes et des tops hors desquels dépassait la lingerie de manière très sage. Béa portait du bordeaux : cela rehaussait son teint hâlé. Pour Marine, c'était le bleu pervenche, celui des rubans, qui était de mise. Elles se sentaient très en beauté toutes les deux. La compagne du photographe avait comme consigne de rester à ses côtés et d'attendre son signal éventuel pour rejoindre l'autre jeune femme. Téo donna des instructions très précises à Marine :

— Tourne-toi un peu, mets-toi de dos et bascule la tête, oui, comme ça…, joue avec tes cheveux, regarde l'objectif, mmm, tu l'aimes, l'objectif.

C'était un peu « cliché », mais cela détendait l'atmosphère. Le photographe prenait une certaine contenance et la photographiée le sentait maître de la situation : il était parfait dans son rôle de guide. De fil en aiguille, Marine elle aussi était davantage sûre d'elle. Elle souriait, prenait des poses, faisait des mines. Elle décida, sans en avoir eu l'instruction de Téo, de faire passer son top par-dessus la tête. Sa jolie peau un peu bronzée, mais plus pâle que celle de Béa tranchait avec le bleu de son soutien-gorge. Elle avait l'air d'un petit biscuit un peu trop cuit, un ventre appétissant, des bras et des épaules dans lesquels on aurait eu envie de mordre à pleines dents. L'homme sourit. Adam devait se régaler… au propre comme au figuré. Son amie jouait maintenant avec ses mains, les mettant au-dessus de la tête, les croisant sagement, s'effleurant à peine comme pour donner l'impression qu'elle allait se caresser. D'un geste leste, elle envoya valdinguer sa petite jupe courte et se campa, telle une guerrière, face au couple. *Regardez le pouvoir que j'ai ! Je vais en user et en abuser.* Elle portait un joli string assorti à son soutien-gorge. Ses cuisses étaient longues, fuselées, ses mollets un peu ronds. Et quand elle se retourna en riant, Téo, la bouche ouverte, s'arrêta de la photographier. Ses fesses étaient… parfaites : rondes, mais pas vraiment larges, rebondies, plutôt, pommelées, adorables. Et puis, comme pris de frénésie, il recommença de shooter : quel joli modèle il avait devant lui. Béa aussi la trouvait très mignonne. Adam avait de la chance. Et au final, c'était bien pour lui si Marine et lui…

La séance dura pratiquement une heure trente. Durant la dernière demi-heure, Marine calma le jeu. Enfin, disons plutôt que ses mouvements se firent plus calmes, plus posés. Elle s'assit sur une chaise en bois et recommença de poser : les jambes ouvertes de manière indécente, une moue rêveuse, les lèvres à peine entrouvertes, les doigts jouant dans les cheveux, les bras relevés, les mains sur les cuisses… Téo n'aurait que l'embarras du choix. Pour terminer, elle voulut « mettre le paquet » : toujours assise sur la chaise, elle rejeta la tête en arrière en fermant les yeux. On aurait pu l'imaginer dans une situation d'extase. Puis, elle chercha comment mettre sa poitrine en valeur : elle demanda de l'aide à Béa. Elle voulait quelque chose qui soit classe et pas vulgaire, et surtout, donner l'impression qu'elle ne portait plus que son string, alors que non, en fait, elle allait simplement baisser les bretelles de son soutien-gorge pour faire croire que… Elle se servit donc encore de la chaise, le dos contre l'assise de celle-ci, la tête pendant dans le vide face au photographe, les yeux brillants et les narines frémissantes. L'illusion était parfaite ! Téo shoota : la naissance des seins de Marine, les yeux clos de Marine, la bouche moqueuse de Marine… C'était assez excitant, dans le fond. Il ne regrettait pas la tâche que la jeune femme lui avait confiée.

Béa, se sentant un peu inutile, s'esquiva pour préparer un déjeuner frais : salade d'avocats et de pamplemousses roses avec de la roquette et du fromage. Ce serait accompagné de pain frais. Et pour le dessert, du sorbet. Elle attendait que Téo et Marine la rejoignent. Cela n'aurait su tarder : il était déjà presque midi.

Son compagnon et la jeune femme se mirent donc à table et firent part à Béa de leurs impressions concernant la séance. Ils s'étaient bien amusés. Téo avait appris des choses concernant l'angle de prise de vue : pas facile de shooter quelqu'un qui gigote comme un orvet de cette manière. Marine, quant à elle, était fière des dernières idées qu'elle avait eues. Elle était tout de même un peu coquine dans le fond…

Un tri des photos s'imposait à présent. Ça, c'était plutôt la tâche du couple. Ils avaient l'habitude de travailler de cette façon. Béa visionnait les séries de shoots de manière rapide. Elle sélectionnait entre une à trois photos par série, leur attribuait une étoile. Il en fallait entre trente et quarante. Et puis, Téo retravaillait une photo par série. Il ne resterait alors qu'une bonne quinzaine de clichés qu'ils soumettraient à Marine.

Ce serait elle qui validerait ceux qu'elle préférait. Ce n'était pas une question de « corps parfait ». Plutôt l'idée de ce que chaque photo véhiculait. Un soupir retenu, par exemple, une moue tendre, un regard malicieux. Il fallait que toutes les facettes de la jeune femme soient présentes. Et surtout, il fallait qu'elle se trouve « intéressante », que cela reflète ce qu'elle pensait d'elle, que ce ne soit pas artificiel. Au final, il resta douze photos. Les amis choisirent celle qui ferait la couverture, l'ordre dans lequel elles figureraient et aussi, la petite « surprise ». Adam serait certainement… touché. Il fallait compter une bonne semaine entre le moment où les photos seraient envoyées sur le site Internet de conception d'album-photos et celui où la commande arriverait dans la boîte aux lettres de Téo et Béa. Ce serait tout juste pour… l'anniversaire du jeune homme, le 11 juin !

Et là, il leur sembla, à tous les trois, que le temps s'étirait sans fin… Béa qui, d'ordinaire, ne relevait pas le courrier, était tout à coup très attentive à ce que le facteur déposait dans la boîte aux lettres. Téo était impatient de voir le résultat de cette première séance-boudoir — sa compagne lui avait promis de l'avertir de l'arrivée du fameux book, mais lui avait assuré qu'elle ne l'ouvrirait pas. Et Marine… c'était encore plus difficile en ce qui la concernait. Elle était habituée à parler de tout et de rien à Adam, lui racontant parfois par le menu comment se passaient ses cours au collège ou la manière dont elle avait choisi tel ou tel texte pour son émission hebdomadaire. Mais là, c'était un secret qui lui brûlait les lèvres… Elle savait très bien qu'en révélant ce qu'elle avait fait de son week-end,

Adam chercherait à savoir et s'il savait, où serait donc l'effet de surprise ?

Béa : *Il est arrivé. On t'attend pour ouvrir le paquet. Dispo le samedi 9 ? Bisous.*

À nouveau, et heureusement, Adam bossait ce soir-là. Il terminait à 23 heures et ne rejoindrait Marine que vers minuit. Celle-ci en profita pour passer la soirée chez Béa et Téo. Elle arriva les joues rouges d'excitation. Quelle impatience… Ce fut elle qui eut l'honneur de défaire le carton pour découvrir « leur œuvre ». Et c'en était une, vraiment. Ils avaient choisi une couverture en imitation cuir, noire, avec comme une petite fenêtre sur la photo de couverture : le profil de Marine, son nez en trompette, une mèche de ses cheveux tombant sur son joli visage. En écriture manuscrite, juste les mots : « Pour toi, mon savoureux. Ta délicieuse. » Les photos retravaillées par Téo étaient majoritairement en noir et blanc. Tout le talent du photographe avait été de jouer avec la lumière pour que, même s'il n'y avait pas le bleu pervenche de la lingerie de Marine ou la couleur « petit biscuit un peu trop cuit » de sa peau, les nuances soient présentes. La dernière photo était… surprenante. Quel effet ferait-elle au jeune homme ?

Emballage cadeau. La jeune femme avait peur de l'abîmer. C'était un objet tellement beau qu'elle aurait eu la tentation de le regarder et le regarder encore au risque d'en corner les pages, d'y laisser des traces de doigts… Quel gâchis cela aurait été.

11 juin… Adam avait vingt-six ans, à présent… Il n'avait rien prévu de spécial. C'était un jour de

semaine. Il savait qu'on boirait un verre au boulot. Il regagnerait l'appartement de Marine après et ils termineraient la soirée de manière tendre après avoir mangé un bon petit dessert concocté par son amie. Ils fêteraient son anniversaire le week-end suivant, avec l'un ou l'autre proche du couple. Il n'y en avait pas tant, en fait. Agathe, qui présentait les *Frissons noctambules*, Apolline et Simon, et évidemment Béa et Téo. Quelque chose de simple.

C'est donc ce soir-là que Marine, aussi excitée qu'une petite fille attendant le père Noël, offrit son cadeau. Pour faire durer le plaisir, Adam prit tout son temps pour en défaire l'emballage. Comme c'était enrageant de devoir patienter autant... Il poussa le vice jusqu'à récupérer la ficelle qui était autour du paquet. Il fit pareil avec le papier cadeau. Ça allait donc s'éterniser davantage ? Enfin, elle crut que ce moment n'arriverait jamais : il eut le livre sous les yeux. Ses cils, ses longs cils battaient. Ses yeux vert écume brillaient. Pouvait-il... l'ouvrir ? Déjà, il adorait ce petit mot. Oh oui, qu'elle était sa délicieuse. Et non, il ne savait pas à quel point elle le trouvait « savoureux », ne se doutant pas que dans ses pensées intimes, c'était de cette manière qu'elle l'appelait. Et puis, il tourna les pages, lentement, découvrant sa Bleue. D'abord, ce qu'il aima, ce furent les yeux de celle-ci, malicieux : cela lui rappelait ses premières lectures face à lui, celles qui parlaient de fellation, d'envie. Il se rappelait si bien le trouble dans lequel elle l'avait mis avec ces fameuses lectures face à lui, l'extase dans laquelle il s'était senti plongé. Ensuite, il retrouva ce grain de peau : sur l'une des photos, on le voyait nettement. C'était le creux de son cou et le haut de son épaule. Aurait-elle posé… nue ? Et puis, il y en avait une où on voyait juste ses jambes, ouvertes, lascivement. C'était l'une des photos de la série sur la chaise. Les cuisses de Marine étaient fermes. Téo n'avait pas dû beaucoup retoucher… Elle était assise, un pied de chaque côté du siège, comme en équilibre sur les orteils. C'était vraiment réussi. Il continuait de tourner les pages, émerveillé. On arrivait à la fin du livre. À l'avant-dernière page, il y avait le cliché de cette pose pour laquelle Marine avait baissé les bretelles de son soutien-gorge. La tête renversée en arrière, on voyait la naissance de ses seins un peu ronds. L'ombre dissimulait les aréoles de la jeune femme. Elle avait descendu un rien son sous-vêtement pour donner l'illusion… mais ici, c'était clair qu'elle avait poussé le jeu un peu plus loin. La photo qui terminait l'album, c'était la plus osée. Il fallait bien le reconnaître, c'était une idée de Béa, Adam n'en doutait pas. On voyait juste le buste de Marine, depuis son menton jusqu'au haut de ses cuisses. Le bras droit de la jeune femme passait devant sa poitrine et sa main gauche cachait son sexe. Il était manifeste que son amante s'était retrouvée nue, au final, et qu'elle avait joué de la sensualité qui se dégageait d'elle pour… Adam eut un coup au cœur. Mais non, Téo n'avait tout de même pas vu son amie dans le plus simple appareil ? Il retint sa question, n'osant paraître inquisiteur… Il admirait Marine d'avoir « joué le jeu du modèle ». Tant pis, dans le fond, si Téo… Les photos étaient parfaites, aguicheuses, mais juste ce qu'il fallait. Il avait saisi la sensualité de la jeune femme et l'avait mise en exergue de manière très subtile. Ce corps qu'il adorait caresser, cajoler, il l'avait là, sous les yeux. Il pourrait le regarder tant et tant. Il pourrait même... Leurs étreintes étaient riches de sensations, d'émotions, de plaisir tendre. C'était déjà la deuxième fois qu'Adam se disait qu'il aurait à rendre la monnaie de sa pièce à sa partenaire... Cela devenait urgent.

Ils terminèrent la soirée en se regardant. Cette fois, c'était leurs yeux qui se caressaient. Les longs cils d'Adam battaient très vite. Ses yeux vert écume brillaient, comme irisés du soleil de la mer du Nord. Les prunelles de Marine viraient de l'orange au bleu-vert. Elles pétillaient du plaisir qu'elle lisait sur le visage d'Adam. Son cadeau...

8

Les mots et leurs liaisons

Décembre 2018

Ce soir, c'était particulier : Simon serait près du micro, aux côtés de Marine, face à Adam. Les *Coquineries littéraires* du jour auraient un parfum légèrement différent. Bien sûr, la littérature érotique écrite par des femmes était ce que Marine préférait. Mais elle avait pensé que, cette fois, celle-ci pouvait être lue par… un homme.

Sans avoir écouté vraiment les *Frissons noctambules*, émission au cours de laquelle Simon avait « investi » le studio quelque temps auparavant, Marine avait été séduite par la voix de l'homme. Un timbre clair, jeune, une façon de parler… léchée, un peu ironique, chaleureuse. Et surtout, beaucoup d'émerveillement, de passion, dans le débit des mots. C'était quelqu'un qui aimait jouer de sa voix, tout comme elle. Pourquoi, dès lors, ne pas collaborer, juste « comme ça, pour le fun » ?

Depuis, Simon et Marine s'étaient rencontrés à deux reprises pour préparer l'émission. Ce qu'ils voulaient mettre en place, c'était la répartition de ce qu'il y avait à lire. Ils auraient souhaité rendre le texte plus vivant. Ils allaient donc dialoguer, se mettant dans la peau, respectivement, des personnages masculin et féminin. Ce serait soit elle, soit lui, qui jouerait au narrateur et quand il y aurait des échanges verbaux, chacun prendrait le rôle convenant.

La première fois qu'ils se virent, ils décidèrent du texte à lire… Il faudrait le caser entre Spaddy, à nouveau, et le marquis de Sade. Pour un « essai de cet ordre », ils avaient choisi des passages plutôt soft. Bien sûr, ce n'était pas de la littérature à l'eau de rose : il y avait des choses très explicites, mais pour ne pas mettre Simon mal à l'aise, Marine se voyait mal le précipiter dans quelque chose qui l'aurait gêné.

Oui, l'homme avait une belle voix, une manière de s'exprimer très distinguée. Elle l'aurait davantage imaginé lire des mots de Georges Bataille. Cependant, fidèle à son goût pour les auteures, Marine avait déniché une histoire de relation virtuelle. On en resterait aux choses suggérées, aux mots tendres, on n'aborderait pas la crudité du récit et de la situation. Et même si le texte était truffé d'allusions sexuelles, le langage châtié serait de rigueur. Celui-ci commençait par une petite annonce :

Bonjour! Coquine cherche coquin pour envols épistolaires dans le même ton et rigolos! Et non, je vous montrerai ni mes seins ni le reste... Ne me proposez pas de réel non plus. Juste correspondance... Alors, dansons maintenant!

Marine la lut de manière enjouée. Cette façon de faire la faisait sourire. Elle se rappelait comment Arthur et elle avaient fait connaissance. Elle se rappelait aussi ce qu'il lui avait demandé de lire juste pour lui : un extrait d'une correspondance épistolaire très, mais très coquine. Un enregistrement tout à fait privé. C'était avant Adam. Arthur, tellement excité, avait éjaculé longuement et beaucoup.

Les échanges entre Anaïs et Fabian, les protagonistes, commençaient doucement, mais leur intensité allait crescendo. Anaïs avait un langage mêlant les expressions imagées et les métaphores savoureuses. Fabian était plus cru. Cela ne dérangea pas Simon qui omit volontairement les choses avec lesquelles il n'était pas à l'aise.

La lecture fut cependant bien menée. Finalement, pour que cela ait l'allure d'un dialogue, ils se permirent quelques libertés quant à l'enchaînement des phrases. On aurait dit une vraie conversation ayant pour sujet ce que Anaïs et Fabian se promettaient « en virtuel ». Et lorsqu'ils passèrent au réel, les sentiments, les fantasmes se mêlèrent. C'était un moment fort du texte.

Une belle histoire les a réunis. D'abord les mots, alignés avec de plus en plus d'audace. Ensuite leur voix, pour donner une consistance aux images envoyées. Et puis, et puis, il se sont aimés, tendrement, sauvagement, jusqu'à la lie...

La fin présageait des moments calmes et tendres, un apaisement après la tempête. Leurs échanges continueraient, à nouveau fous, mais leur attachement, malgré l'éloignement, grandirait encore.

Ils étaient arrivés au bout de la lecture... Marine et Simon se regardaient, les yeux dans les yeux. Ils étaient un peu chamboulés de ce qui leur arrivait. Ils avaient été dans une telle proximité, une émotion partagée, une intimité très prenante. Adam les regardait. Il venait de lancer la deuxième musique d'interlude. Fallait-il qu'il intervienne pour les féliciter, battre des mains, faire un petit commentaire bien senti ? Il s'abstint de tout signe d'un trouble quelconque. Il préférait conserver excitation et frétillements au chaud, au creux du cœur et du ventre pour sa Bleue, et uniquement pour elle.

L'émission se termina tranquillement, et puis Simon reprit la route de son appartement. Adam et son amie s'engouffrèrent dans la petite voiture grise du jeune homme. Dans moins d'un quart d'heure, ils auraient rejoint le logement de Marine.

Durant le trajet, Adam fit part à cette dernière de ses impressions concernant l'intervention de Simon. Les deux hommes avaient beau être pudiques autant l'un que l'autre, Adam admirait la performance. Simon s'était bien débrouillé : il avait mis sa voix au service des mots, il avait trouvé le ton juste pour lire les mots tendancieux qui sortaient de la bouche de Fabian. Il s'était éclaté. Adam connaissait la sensation. Ça donne comme un pouvoir de se faire plaisir en en donnant aux autres. Lui, il le faisait quand il sonorisait des concerts ou quand il mixait des compos d'autres personnes. Il était l'objet de la reconnaissance des gens pour son travail, son talent, son don. Et pour Simon, c'était pareil : la manière toute personnelle avec laquelle il avait lu était bien plus qu'un coup d'essai. Il avait adoré, s'était pris au jeu en sentant Marine réagir à ses interventions avec bienveillance, s'en était retrouvé boosté.

De retour à l'appartement de Marine, Adam et elle ne parlèrent pas beaucoup. Ils étaient encore trop dans leurs émotions. Assis dans le canapé blanc, Adam avait les yeux fermés. Il se réappropriait ses idées, son énergie, mais aussi son calme, sa sérénité. Marine, elle, ne disait rien non plus. Elle regardait Adam : elle savait que la lecture qu'elle avait faite de concert avec Simon ce soir donnait à l'émission une dimension inconnue jusque-là. Oui, c'était très chouette, mais… elle était consciente du fait qu'Adam n'y avait pas trouvé pleine satisfaction. Il n'avait pas été troublé comme à son habitude, son souffle n'avait pas accéléré, il ne s'était pas mordu la lèvre inférieure et n'avait pas fermé les yeux. Il avait été très attentif, certes, mais pas sous extase.

Il fallait qu'elle remédie à cela. Elle avait cherché, anticipant la retenue de son ami… Il y avait longtemps qu'elle ne lui avait plus fait une lecture privée. Elle avait prévu quelque chose de particulier, c'était le moins que l'on puisse dire...

— Ce soir, c'est spécial… Tu gardes les yeux fermés et tu te laisses bercer par ma voix. Oui ?

Qu'avait encore imaginé sa Bleue ?

— Tu es certainement resté sur ta faim, tout à l'heure… Non ? Quand tu as mis en ondes les *Coquineries littéraires*. Le fait que nous ne soyons pas seuls, ça t'a empêché de… rêver, je l'ai bien vu.

— Ah ?

— D'habitude, tu fermes les yeux et tu respires plus profondément.

— Oui…

— Et puis, tu as des soucis pour mettre en route les musiques d'interlude, non ?

— Mouais, aussi…

— Tu me suis, si je te propose quelque chose ?

La dernière phrase de Marine avait été dite sur un ton coquin, les yeux rieurs, la bouche un peu moqueuse. Il la regarda, curieux.

— Alors, d'abord, tu fermes les yeux, Je vais chercher ce que je voulais te lire… OK ?

Docilement, il lui obéit. Ils étaient dans le canapé blanc. Elle se leva, fit semblant d'aller chercher un livre dans la chambre. Elle sortit rapidement une grande serviette du tiroir sous le lit ainsi que de l'huile. Elle avait pris soin d'enregistrer une lecture parlant de massage très coquin. Elle la mettrait en route quand Adam serait couché sur le lit…

Ce qu'elle avait choisi était extrait d'une histoire de massage *nuru*, art japonais pas encore très répandu par ici, mais qui, visiblement, était très efficace au niveau des sensations prodiguées et reçues. Quand sa petite installation fut faite, elle regagna le salon.

— Garde les yeux fermés… Je t'amène à mon lit. Tu seras plus à l'aise…

— OK.

— Pour que tu en profites vraiment, je vais te déshabiller. Et puis, moi aussi, j'en profiterai. J'aime te voir réagir à ma voix et à ce que je te raconte. Tu es toujours d'accord ?

— Bien sûr.

— N'aie crainte d'avoir froid : j'ai allumé le radiateur.

Adam se demandait tout de même ce qui allait se passer… Les yeux fermés, nu, il allait « bénéficier » de la voix tendre, suave et amoureuse de sa Bleue. Cela se bornerait-il à cela ? Uniquement ?

Tendrement, elle entreprit de le dévêtir. Elle aimait sentir le corps chaud de son ami, alors qu'il frissonnait de plaisir. Ce n'était pas encore très manifeste, mais son sexe un peu dur ne tarderait pas à se dresser, parfaitement fier et libre au lieu d'être enserré dans un jeans trop étriqué pour son érection.

— Pour une fois, c'est une histoire racontée par un homme… Je me disais que ce serait bien de changer… C'est donc un monsieur qui vient de mater une jeune personne derrière un miroir sans tain. Il est assez excité et là… Imagine que c'est une voix masculine qui lit…

Elle mit en route l'enregistrement… Adam était couché sur le dos, les yeux fermés, complètement offert aux regards de Marine. Sous lui, une grande serviette éponge protégeait le lit de la jeune femme. Il y avait ses mots, mais aussi une musique très douce. Pendant le début de la lecture, le haut du corps nu, Marine s'enduisit d'huile.

Les yeux clos, elle se cambre élégamment et pose sa tête sur mon épaule. Cela fait ressortir sa poitrine et a l'avantage de positionner ses fesses sur mon membre dressé. Mes mains saisissent ses seins. Et tandis qu'elle frissonne sous mes caresses, je la sens onduler, toute au plaisir que je lui procure. Je me sens perdre pied : je ne suis plus maître de mes mains, ou de mon corps : elle m'hypnotise totalement.

Le corps d'Adam s'était tendu, comme un arc bandé. Il ne se rendait pas compte du fait que Marine ne lisait pas vraiment en *live*. L'illusion était parfaite et la surprise le serait plus encore.

Tout à coup, elle me pousse sur le lit où je m'allonge. Elle est à présent à côté de moi, à contre-jour, et verse cette huile chaude sur mon torse, allant de mon cou jusqu'à mon bas-ventre.

Marine avait pris un peu de cette huile, douce, chaude. Elle commença par en verser sur la poitrine de son ami, juste au creux où le sternum est presque visible. Il eut un petit sursaut… Qu'est-ce qui se passait ? Il avait une envie tenace d'ouvrir les yeux. S'il l'avait fait, il aurait vu sa partenaire à genoux à côté de lui, ses seins un peu lourds, libres, mais ayant gardé son string. Elle continua de répandre l'huile. Elle en mit sur le sexe d'Adam, zigzaguant par-dessus, insistant sur le gland, et ensuite, pour que la pression du liquide soit plus forte, prit de la hauteur. Pour l'exciter davantage encore, elle trempa directement son membre dans le récipient contenant l'huile tiède, pratiquement vide.

Silencieusement, elle m'enjambe tout en se gardant bien de me toucher. Avec habileté, elle répartit l'huile sur mon torse. Ses petites fesses doivent se trouver à quelques centimètres de mon sexe. Cela devient de plus en plus difficile. La tension monte dans mon ventre…

Toujours comme dans l'histoire, Marine retira ses mains du corps d'Adam et se les passa sur elle en se massant les seins. Elle tournait autour, les soulevait, en pinçait les tétons… Ah, si Adam avait pu voir le plaisir qu'elle y prenait. Ses doigts étaient maintenant près de son sexe.

Son bassin finit par rejoindre le mien. Elle frotte son tanga contre mon sexe, lentement, mais sûrement. Il est détrempé… Il m'est possible de deviner ses petites lèvres et je vois mon sexe aller et venir entre cette intimité qui m'est inconnue.

Adam était de plus en plus excité. Les gestes de Marine étaient en tous points semblables à ceux de la masseuse de l'histoire. Elle se collait à présent à lui, frottant ses seins sur le torse du jeune homme. Leurs corps glissaient l'un sur l'autre.

— Ouvre les yeux, à présent, mon savoureux…

En continuant de se frotter à lui, sa poitrine descendant sur le buste de son amant, la cambrure de son dos s'accentua. La vue était délicieuse : les fesses de la jeune femme étaient tendues vers le ciel et ses seins enserraient le chibre de son amant.

Ensuite, elle s'empala sur toute la longueur de son membre et commença des va-et-vient gourmands et saccadés. Les lèvres de la jeune femme se refermaient quand le sexe d'Adam pénétrait sa bouche puis s'ouvraient…

Marine se plaqua contre son corps luisant d'huile et de sueur mélangées. Les frictions, les coulissements de parties très sensibles de leurs corps eurent raison d'elle… Il ne l'avait pas pénétrée, juste fait coulisser son membre entre les seins de son amie, mais il était clair qu'elle avait pris son pied. Il l'entendit murmurer ses « encore, Adam, encore… », ce qui l'encouragea à la laisser libre de se masturber et de se frotter contre lui, à présent, le sexe béant, trempé de mouille et en attente du sien, le clitoris exacerbé par l'excitation. Elle râla de plaisir. Puis fut prise de soubresauts et de sanglots… Quand elle se calma enfin, il lui dit :

— Mais enfin, tu es vraiment une diablesse… Qu'est-ce qui t'a donné cette idée ?

— Eh bien, c'est toi… Je trouvais tellement dommage que tu n'aies pas pu te laisser aller à l'excitation comme tu en as l'habitude, que je me suis dit que je devrais œuvrer pour réparer ça.

— Alors, tu avais tout prévu ?

— Mais, tu me prends pour qui ? Bien sûr, que j'avais tout prévu. Je savais que si on n'était pas seuls en studio, ton self-control reprendrait le dessus. Et en plus, devant Simon… je savais que tu serais hyper gêné.

— Et lui, il était au courant ?

— … juste un peu : je lui avais dit que tu avais du retard à rattraper parce que je savais que tu n'aurais jamais une attitude déplacée même si tu étais très excité. C'est pour cela qu'on s'est vite séparés après l'émission. Il ne voulait pas que tu doives te retenir trop longtemps…

Adam la regardait… Elle était vraiment à croquer. Craquer pour une femme pareille, ce n'était vraiment pas difficile… Il l'aimait, sa Bleue, toujours attentive à lui donner du plaisir. Toujours à chercher la surprise qui le faisait décoller…

Les jeux, toujours les jeux. Et cet amour, qui n'en finissait pas de grandir au fil du temps…

Épilogue
Que ce soit toi...

Bleue à son savoureux

Janvier 2019

J'aurais voulu que ce soit toi… Toi qui aurais soulevé mon chapeau, qui en aurais libéré mes cheveux, qui aurais ôté mon écharpe, mes petits gants noirs et mon manteau ample. Ensuite, tu m'aurais regardée, un peu timide face à toi…

J'aurais frotté mes cuisses l'une contre l'autre, comme une invitation à tes mains… Tu aurais mordillé ta lèvre inférieure en plongeant tes yeux vert écume dans les miens, à la couleur incertaine. Nos regards, juste nos regards, se seraient mêlés.

Et puis, nous nous serions assis, l'un en face de l'autre, les coudes posés sur cette table.

Il y aurait eu tant de tendresse, de retenue, dans nos regards.

J'aurais voulu que ce soit toi… Toi qui, de tes doigts experts, aurais défait un bouton, puis un deuxième, de mon chemisier et libérant ma gorge, l'aurais embrassée pudiquement. Ensuite, tu m'aurais regardée, un peu timide, face à toi…

Je t'aurais encouragé d'un petit signe de la tête. *Vas-y, mon savoureux, ne sois pas gêné… Déshabille-moi vraiment et possède-moi.* Tu aurais battu des cils, tes cils si longs, si fins, châtain clair. Tu sais l'effet que ces battements ont sur moi… Et nos regards, juste nos regards se seraient mêlés.

Et puis, quittant nos sièges, nous nous serions levés. Je t'aurais suivi jusque…

Une chambre…

Un grand lit.

Des murs… foncés.

Un miroir.

Le cadre est accessoire, la couleur du papier peint, la taille de la couche, ce qui meuble la pièce, les verres de vin posés sur la table…

Je suis heureuse. Si on s'était donné rendez-vous ici, cela aurait été différent. Mais cet après-midi, c'est toi qui m'as prise par la main pour me mener en cet endroit, écrin de beauté, de luxe, de calme.

Tu ouvres la porte et me fais passer devant toi. Un petit signe qui signifie : « Prenons un verre. » Nous sommes silencieux : aucun besoin de parler, de s'étendre sur la question, de tergiverser, de s'expliquer. Nos regards, juste nos regards se mêlent. Si intimement. Le feu de mes yeux t'enflamme les sens. Tu as beau t'humecter les lèvres, elles restent sèches. Ta langue les effleure, en une invitation sensuelle…

Comment ? Toi, si sage habituellement, tu me fais du charme de cette manière ?

Ta langue, ta jolie langue, dont j'anticipe les mouvements sur mes lèvres inférieures, je la regarde, encore, et encore, comme hypnotisée. Je connais son agilité. Je connais ta manière de m'embrasser quand ta bouche barbouillée de moi rejoint mon cou, la petite place derrière mon oreille et finalement, ma bouche à moi. Tes yeux, de temps en temps, se ferment délicatement, comme pour mieux apprécier le goût de ce moment parfait. Tes mains, longues et fines, se font plus caressantes.

Elles reprennent leur trajet. De mes épaules, elles font descendre lentement les bretelles de mon soutien-gorge. Je sais que tu le dégraferas, que tu feras tomber le sous-vêtement et que tu me regarderas… Je sais que tes yeux s'attarderont sur ma poitrine un peu lourde. Que tu auras envie de mettre ton nez là, au creux de mes seins… simplement pour en humer le parfum subtil de rose. Tu les cajoleras, les caresseras, tendrement, délicatement. Tu n'oseras pas les prendre en main tout de suite. Tu préféreras en palper le galbe, simplement…

Tu te mordilleras les lèvres, à nouveau… Et puis… Il reste encore ma jupe, un peu cintrée, mes collants noirs, mon string et mes chaussures à ôter… Vas-tu t'y risquer ?

Tu prends une grande inspiration. Là, dans ta poitrine, ton cœur toque la chamade. Ta respiration s'est faite plus rapide. Tu sens comme l'angoisse te serrer la gorge. Et si tu n'y arrivais pas ? Tes mains sont fébriles : d'abord le bouton et la fermeture Éclair de ma jupe serrée, que j'avais choisie exprès près du corps pour que tu voies mes fesses danser dessous. Ensuite, les chaussures, noires elles aussi, avec un petit talon… Les collants : c'est la première fois que je les porte. Ajourés, transparents : on distingue ma peau à nu. Puis le string, assorti au soutien-gorge, un *must*, pour moi. Noir. Avec des motifs bleus, en dentelle.

Voilà, tu y es arrivé. Je me retrouve nue devant toi. Maladroite, fragile. Avec une certaine gaucherie, et sans être trop loquace, comme à ton habitude, tu me fais signe de m'agenouiller, face à toi. Et de fermer les yeux.

Dis-moi, à présent, la manière dont je peux te « servir »… Oui, je garderai les yeux fermés tant que le jeu durera.

— Veux-tu que je te gâte, mon savoureux ?

J'entends le bruit d'une fermeture Éclair qu'on ouvre, celui d'un habit qui tombe, mais qu'on ne retire pas, celui de l'élastique d'un sous-vêtement et… le souffle, ton souffle, précipité par ton désir.

Je sens ta main me prendre la tête et la faire avancer. Je suis certaine que si j'ouvrais les yeux, je verrais ton membre délicieux, dressé fièrement, au centre de ta toison si douce. Il y aurait déjà un peu de rosée perlant à son extrémité. Mais non, je ne te regarderai pas, pas encore. Je suis sûre aussi que tu as rejeté la tête en arrière, tes yeux sont clos, ta poitrine se soulève de plus en plus vite…

Alors, délicatement, savamment, je t'empoigne. Ma main coulisse sur ton membre raide. Je sais que tes lèvres sont entrouvertes, j'entends ta respiration siffler, profondément. Va-et-vient manuels… de plus en plus rapides et amples.

Un grand frisson… Il faut dire que je m'active depuis presque cinq minutes.

— Pompe-moi, ma Bleue !

Sans ouvrir les yeux, je fais passer ton érection de ma main à ma bouche et te goûte… C'est vrai que tu es savoureux, dans les deux sens du terme, tu sais. Cette liqueur exprimée par ton gland a un goût un peu amer très doux. On n'en est pas encore aux succions, mais je veux d'abord te faire profiter de ma langue. Et puis, et surtout, je pense à tout ce qui a de la saveur chez toi :

tes regards, ta voix, le satin de ta joue, et plus bas, tes fesses, tes cuisses, ce soupçon de ventre… Faire cet inventaire me met dans tous mes états.

Il est temps de passer aux choses sérieuses…

Ta verge est à présent dans ma bouche. Je la gobe, loin, si loin, comme si notre vie en dépendait. *Exprime donc ce nectar avant que la terre tourne en sens inverse.* Tu gémis. Je m'active. Il nous serait difficile, à présent, de mêler nos regards…

Tu sens combien j'aime te faire frémir ? Tu sens combien j'aime te donner du plaisir ?

Mes yeux sont toujours fermés. Mes oreilles, par contre, sont à l'affût de tout ce qui pourrait me renseigner sur l'intensité de tes sensations. Ma bouche est plus gourmande encore. Avec de grands bruits, je suce l'extrémité de ton sexe. Puis, pour ne pas te lasser, je presse l'intérieur de mes joues contre ton membre… Quand je relâche la pression : tu entends comme tu es mouillé ? Nos fluides se mélangent : salive et ces quelques gouttes exprimées par ton gland. Moment tendre, complicité légère. Tu n'as pas besoin de me dire comment tu aimes être sucé…

J'ai les commandes. Même si, au début, quand nous nous sommes retrouvés, je comptais sur toi pour mener la danse : le choix de l'endroit, la réservation de cette chambre parfaite… Maintenant, je sais que ce dont tu rêves, c'est te laisser aller dans les songes.

— Comment comptes-tu me satisfaire, ma Bleue ?

Paupières closes, je te dispense une fellation comme tu les aimes. Tes mains, dans mes cheveux, suivent le mouvement de ma tête. Les miennes sont sur tes cuisses, puis sur tes fesses, les pressant. Tu me fais t'avaler plus profond. Je te sens dans le fond de ma gorge. Quand le moment sera venu, je te laisserai m'inonder les seins et le ventre. J'ouvrirai les yeux et je te regarderai en pleine extase. C'est de cette manière que tu me combleras.

Tu le sais, tu le sens. Chaque plaisir que tu prends, c'est un cadeau que tu m'offres. Et question quantité, je suis gâtée : on frise l'overdose avec les présents que nous nous échangeons continuellement.

Je t'aime, mon savoureux, mon Adam…

Adam à Marine

Janvier 2019

J'aurais voulu que ce soit toi... Toi qui m'aurais, sans grands tapages, appris à apprivoiser, à aimer, les femmes, *la* femme.

Tu t'es rendu compte que je n'avais pas grande expérience de la chose. Mes connaissances en art de la séduction étaient restreintes. Je ne suis pas du genre à me jeter sur les demoiselles, en général.

Toi, tu n'en étais plus une réellement. Je ne connaissais pas ton âge, mais il était clair que nous n'étions pas de la même génération.

La chose qui m'a plu tout de suite, c'est cet appétit de vivre, cette soif de sensations. Tu m'as fait décoller ce soir-là, puis fait voyager dans des « terres humides et inconnues », toujours plus haut, toujours plus fort.

Le goût de ces aventures littéraires s'insinuait en moi, tel un doux breuvage un peu sucré.

J'aurais voulu que ce soit toi... Toi qui, cette nuit froide de janvier, m'as pris par la main pour me mener dans ta connaissance du plaisir.

Tu n'as jamais manifesté quoi que ce soit comme reproches ou moqueries vis-à-vis de ma timidité, de mon inexpérience ou de mon âge.

Toi dont la nature sincère, entière me faisait un peu peur, au début, tu as su te montrer respectueuse de moi en tous points : avec délicatesse, tendresse.

Le goût de ces plaisirs mêlés nous liant s'insinuait en moi, tel un philtre d'amour un peu sulfureux.

Et puis, nous nous sommes retrouvés, dans le bar de cet hôtel où j'avais réservé une chambre, la plus belle, pour que nous puissions y partager un moment intime et particulier…

Nous avons quitté nos sièges, nous nous sommes levés. Je t'ai pris par la main et…

Une chambre…

Un grand lit.

Des murs… foncés.

Un miroir.

Le cadre est accessoire, la couleur du papier peint, la taille de la couche, ce qui meuble la pièce, les verres de vin posés sur la table…

Je sais que tu es sensible aux odeurs… Dans la chambre, des bougies parfumées au jasmin. Sur la petite table, deux verres de vin : un de rouge et un de blanc. En nous regardant avec des sourires complices, nous avons trinqué :

— À notre première nuit, il y a un an.

Je me souviendrai toujours de ce moment où tu m'as rejoint. J'étais assis, les yeux clos, savourant l'instant et le breuvage que tu m'avais servi. Tu es arrivée. M'as pris le verre des mains pour le déposer sur la table basse. Puis, avec énormément de précautions, tu t'es assise à califourchon sur moi. Ce ne devait pas être très confortable : la fermeture Éclair de mon jeans meurtrissait certainement un peu tes lèvres inférieures déjà gonflées de désir. Alors, tu t'es levée, m'as déshabillé et de fil en aiguille, j'ai fait pareil pour toi. Nous nous sommes retrouvés au lit… C'était… magique…

Tes propositions m'ont mis dans un état d'excitation avancé. T'en es-tu rendu compte ? Les caresses que tu me demandais, la manière ingénue avec laquelle tu es arrivée à tes fins, c'était délicieux...

Et depuis... À aucun moment je ne me suis senti piégé.

Aujourd'hui, c'est moi qui mènerai la danse, ça ne te dérange pas ? Mais ce sera « comme tu aimes », ne te tracasse pas...

Je t'ai dévêtue : le chemisier, la jupe étroite, les escarpins noirs, les collants, les sous-vêtements. Tu m'as semblé plus belle encore dans la pénombre de la chambre qu'il y a un an, déjà. Ton visage irradiait le bonheur, tes yeux étaient levés vers moi dans une parfaite attitude de soumission. Non, nous ne jouerons pas encore à cela... Mes mains doivent d'abord se promener sur ton corps, adorable, malgré le poids des ans. Il a toujours cet air un peu enfantin : ces rondeurs au niveau des fesses, du ventre, ces fossettes. Je le parcours. Il frissonne.

Tu t'es installée à genoux devant moi, en fermant les yeux. Je me suis défroqué rapidement : l'excitation était trop insistante. J'étais déjà bien dur.

Tu as commencé par me branler, doucement. J'ai pris ta tête entre mes mains : je voulais être dans ta bouche, de toute ma longueur. Te sentir me lécher, me gober, m'avaler.

— Veux-tu que je te gâte, mon savoureux ?

— Pompe-moi, ma Bleue !

Ta bouche a toujours été divine. Et ta manière de sucer... magnifique. Tu es de celles, même si l'expérience me fait défaut, qui aiment le sexe. Il n'y a qu'à voir la manière dont tu t'occupes de mon membre avec ta bouche.

Tu es délicate, tendre, parfois plus sauvage. Jamais une main trop lourde, une langue trop pressée d'en finir. Tu t'occupes de moi parfaitement. Tu sais ce qui me fait frémir. Tu sais ce qui m'arrachera des gémissements. Tu sais quand je grognerai et ne pourrai plus gérer le plaisir. Tu connais les mots qui sortiront de ma gorge quand je jouirai.

Jamais, au grand jamais, tu ne t'impatientes si l'orgasme est un peu plus long à venir… C'est attentionné de ta part.

Parfois, je me fais figure de brute… Oui, je sais que tu ne me vois pas de cette manière. Pour toi, je suis la douceur incarnée, le calme. Mais si je perdais ce self-control, celui que tu admires tellement, si, excité par tes caresses, j'étais incapable de dompter mes instincts les plus bas et que je devenais brutal sans le vouloir…

Pour le moment, tu me gobes, tu m'engloutis pratiquement jusqu'au pubis. Je suis, ou plutôt, mon sexe est ton prisonnier.

Je te laisse les commandes. Même si, au début, quand nous nous sommes retrouvés, tu comptais sur moi pour mener la danse : le choix de l'endroit, la réservation de cette chambre… Maintenant, tu sais que ce dont je rêve, c'est que tu m'emportes avec toute la sensualité et la générosité qui te caractérisent.

— Comment comptes-tu me satisfaire, ma Bleue ?

Je suis dans ta bouche. Tu as posé tes mains sur mes cuisses, puis mes fesses. Tu les malaxes et accompagnes chaque mouvement de mon bassin. Je suis dans le fond de ta gorge. Je vais exploser… Tu sens ?

— Je peux ?

Oui, ma Bleue, je vais décharger tout mon foutre sur tes jolies joues, tes seins, ton nombril… Et puis, tu ouvriras les yeux. Tu me regarderas te sourire et avec une petite moue moqueuse, tu me demanderas si… je peux m'occuper de toi à présent.

Tu es gourmande : je sais bien que ma jouissance t'a ravie, je sais que tu prends ton pied à chacun de mes orgasmes. Mais je sais aussi que tu aimes être cajolée et traitée avec tendresse, attention.

Nous le savons, nous le sentons. Le plaisir pris par chacun de nous est un cadeau que nous nous offrons. Tu te demandes sûrement si…

Oui, je t'aime, ma Bleue, ma délicieuse initiatrice. Et pour longtemps encore…

Vous avez aimé votre lecture ?
Découvrez les autres romans des éditions So Romance
disponibles en format papier et numérique.

Toi, lui, l'autre et moi !
Gwendoline va divorcer. C'est certain à présent. Dans cette phase instable, elle peut compter sur ses amies, mais elle a aussi besoin de se rassurer en tant que femme. Alors, quand le hasard, bien qu'un peu provoqué, met sur sa route un ex très particulier, elle retrouve les frissons de ses vingt ans. Mais les choses ne sont pas si simples, et la vie sentimentale de Gwendoline se complique...

TROUBLED HEARTS
Tome 1 : Just un défi entre nous
En week-end dans une maison d'hôte à l'occasion d'un anniversaire, Meg assiste involontairement à des ébats torrides entre deux invités. En plein acte, Nick l'aperçoit, mais ne dit rien. Déstabilisée par cette rencontre conjuguant voyeurisme et érotisme, Meg se laisse progressivement apprivoiser par Nick, même si tout les oppose dans leur quête individuelle du bonheur et de l'amour. Nick pourra-t-il aimer à nouveau après la mort de son ex-femme ? Meg sera-t-elle condamnée à rester dans l'ombre de la disparue ? Entourés d'amis cabossés par des passés douloureux, Nick et Meg nous plongent à tour de rôle dans les débuts tumultueux de cette romance sous haute tension.

Résurrection charnelle

Depuis le décès de son conjoint, Laura ne peut plus ressentir aucun plaisir sexuel. Sur les conseils de sa thérapeute, elle retourne en vacances à Arcachon, là où elle avait rencontré son mari quinze ans plus tôt. Là-bas, c'est tout à fait par hasard qu'elle s'inscrit à des cours particuliers de tango. À travers la danse, elle va redonner vie à son corps et renouer avec sa sensualité pour entreprendre une véritable résurrection charnelle dans les bras de son professeur.

Les Fées n'aiment qu'une fois

À la mort de sa mère, Capucine hérite de sa charge de fée et se trouve plongée dans les responsabilités des femmes du XXIe siècle. Il faut dire qu'être une fée ne protège pas des soucis financiers, des services sociaux et des déboires sentimentaux… Surtout qu'un sort pèse sur les fées modernes : elles ne peuvent aimer qu'un seul homme durant leur vie. Comment Capucine fera-t-elle pour protéger son cœur ? À qui le donnera-t-elle ?

Pour en savoir plus
www.soromance.com